KB001415

주식회사 냐옹컴퍼니

주식회사 냐옹컴퍼니

진정성 만화

창비교육

차례

1부 흙수저 인턴의 탄생

2부 스끼다시 내 인생

3부 가족 같은 회사

4부 '일잘'과 '일못' 사이

5부 앞으로는 괜찮겠지

주식회사 냐옹컴퍼니 🐾 임직원 소개

대표 이사

- 냐옹컴퍼니의 창업자로 엄청난 구두쇠다.
- 복잡하게 생각해야 하는 일을 싫어한다.
- 워크숍 가는 것을 좋아한다.

부장

- 자주 등장하지 않지만 등장하면 긴장된다.
- 어렸을 때 영양 부족으로 꼬리 끝이 꺾였다.
- 인턴을 딸처럼 좋아한다.

차장

- 루왁 커피를 즐겨 마신다.
- 야근을 자주 한다.
- 인턴 무릎에 앉는 걸 좋아한다.

과장

- 길고양이 출신으로 TNR을 당했다.
- 학창 시절 운동권에 몸담았다.
- 매사에 불만이 많다.

대리

- 낭만적인 성격의 새침데기다.
- 배에 하트 무늬 털이 있다.
- 편 가르기를 즐긴다.

주임

- 애니메이션 피규어와 아마추어 무전기 덕후다.
- 외모에 콤플렉스가 있어 관리에 신경을 많이 쓰는 편이다.

사원

- 정규직으로 입사했다.
- 사장 조카의 전 주인이다.
- 스타트 업 창업이 꿈이다.

인턴

- 지방에서 올라와 고시원에서 살고 있다.
- 학자금 대출이 조금 남아 있다.
- 일은 잘 못하지만 성실하다.

대표 이사 비서 미스 스폴

인사팀장

제품 개발팀 주임

1

흙수저 인턴의 탄생

이력서
성명
주민 등록 번호
생년월일 서기 년 월 일 (만 세)
주소
자택 전화
이메일
휴대 전화
호적 사항
호주와의 관계
호주 성명
년 월 일
학력 및 경력 사항
기타/발령처
탁
탁
탁
탁

탁
탁
탁
탁 탁
탁 탁
탁
탁 탁
탁

1. 자신의 성장 과정은 어땠습니까?
저는 과수원을 하시는 부모님 밑에서 1남 1녀 중 장녀로 태어났습니다. 어렸을 때부터 부모님의 일을 도우며 맏이로서의 책임감과 노동의 신성함을 몸소 겪었습니다.

2. 자신의 성격에서 장점과 단점은 무엇입니까?
저는 어린 시절부터 집안의 대소사에 힘을 보태며 책임감과 리더십을 익혔습니다. 가끔 너무 말이 없고 무던하다는 소리를 듣곤 하지만 이것 역시 한 조직 내에서 자신의 역할을 수행하기엔 적합한 단점이라고 생각합니다.

3. 우리 회사를 지원한 동기가 있습니까?
대학 재학 시절부터 이 분야에 관심이 많았습니다. 이 분야에서 일하고 싶다는 막연한 희망 하나로 자원봉사와 기업 탐방 프로그램 등을 꾸준히 하며 업계에서 일하고자 하는 동기를 더욱 단단히 하였습니다.

압박 면접

긴
장
오늘은
도시에 있는 회사에
인턴 면접을 보러 왔다.
몇 번이나 보는
면접이지만
너무 긴장된다.
삐질
삐질

이런 상황에서
비상사태가
걸리면 어쩌죠?
자신의 정치적
신념과 회사의
이념이 충돌
한다면?
지원하신
부서에 대한
이해도는 어느
정도인가요?
엄마가 사
주신 부적
(50만 원)
압박 면접으로 유명한 곳이라지만
머릿속으로 완벽하게 연습했다.
엄마, 저에게 힘을 주세요…!

다음
지원자분
들어오세요.
네, 네!

중성화했어?
……
이력서
뭐야~
뚱뚱
하네.
(주)냐옹컴퍼니
안 했어? 새끼 낳아
봤어?

보아하니 인간 여자고
되게 순진하게
생겼는데,

지금 지원한 일에
경력 같은 거 있어?
네,
있습니다!
꼬옥
엄마가
주신 부적
(50만 원)
날아라 비행기
슈웅~

저, 저는 편의점 알바를
했는데요. 다양한 종류의
제품을 취급했구요.
무거운 짐도 엄청 많이 들고
사장님도 되게 잘해 주시구….
만만
하군.
호구다.
만만해.

우리 인턴은
좀 힘든데
괜찮나?
네!
월급도 가끔 못 받어.
네!
네!
밥도
안 줘.
할 수
있습니다!
할 수 있겠어?

띠링~
축하합니다. 귀하는 당사에 인턴으로 합격하셨습니다. 내일부터 당장 출근하세요.
(주)냐옹컴퍼니

아이구 우리 애가 올해 면접을….
부적을 써!
엄마의 단골 점집
이 말투는 고쳐야겠다.
제가요… 근데요~
면접 연습
(말한 거 녹음해서 듣기)
영어 모임
멀뚱
어차피 인턴인데 뭐….
쿨—
소원을 이뤄 주는 신비한 돌. 머리맡에 두고 자면 좋다.
라고 생각하면서도 지금껏 했던 노력들이 물밀듯 밀려와 뭔가 울컥했다.

내일부터 첫 출근!

다들 주목해 봐!

첫 출근날
어, 왔어?

반가워, 난 차장이야.
네, 네….
인턴 자리는 여기야.
너 가방 푹신해? ㅎ
다들 낯가리는데 알고 보면 착해. ㅎㅎ
ㅎㅎㅎ

그리고 첫날엔 할 일이 전혀 없어 몹시 뻘쭘했다고 한다.

인턴 생활

대학을 졸업하고
스펙을 쌓고자
급한 마음에 이곳에
인턴으로 들어왔다.
(조금 이상한 회사지만)
늦었군.

1분이나
지각하다니….
죄송합니다,
차장님.
뭐, 됐어.

가서
우유나
타 오라고.
쪼물
조물
쪼물 딱
쪼물
쪼물 딱
쪼물럭
네….
조물
쭈물 쭈물
미지근하게.
알았지?
쪼물
쭈물

이게…
아닌데….
신입이 어디서
건방지게
담배를….

인턴에게는 초반에 일을 잘
주지 않아 하릴없이 눈치만 보게 된다.
전문 용어
전문 용어
멀
뚱
그거 했어?
그렇다는…

그래, 드라마에서 이런 상황에
어떻게 했는지 떠올려 보자…!
회사의 데이터를 분석했어요.
↑멋짐
빠르스끼 가바릿 하라쇼.
↖외국어 능통
인턴이 입사 전 감명 깊게
본 회사 생활 드라마
ㄱ곽

컴퓨터에 분명
회사 자료가
있겠지…?
와, 이건가 봐!

무… 무슨 소린지
도저히 모르겠다.
뭐지…?
다 '냐옹'밖에
안 써 있어.
쟤 뭐 하냐?
귀엽다는. ㅎㅎ

정 할 일 없으면
이거라도 타이핑해.
네!
드디어
일을 받는다!

잘하는지 어디
지켜볼 거야. ㅎㅎ
네,
네!

두루루루루룩
....

탁
아야!

신경 쓰지 말고
빨리 일 해. ㅎㅎㅎ

슬금 슬금

신경 쓰지 마

콰
악
으악!!

차장님… 이거 너무
아픈데요…. 피 나요.
스으윽

신경 쓰지 말고 볼일 봐.
난 괜찮으니까. ㅎㅎ
네….

아침 회의

🐾 코타츠는 고양이가 아주 좋아하는 가구예요. 코타츠뿐만 아니라 따뜻한 거라면 뭐든 OK!

고양이는 잠이 많아요. 억지로 잠을 깨우지 말도록 해요! 커피도 안 돼!

아침마다 프리 XX

요즘엔 회사에서
특이한 걸 많이
한다더군.
신문 기사

직원 애사심 고취 "아침마다 프
정말
좋아요!
여긴 아침마다
'프리 허그'라는 걸
한다는데 꽤 좋아 보여.

우린 뭐 없나?
프리 허그 따위론
애사심이 전혀
고취되지 않습니다.
할짝할짝

고양이는 서로의 항문을 핥으며 친분을 쌓아요. 그 모습도 아주 귀엽답니다!

조금씩 할 일이 생긴다. 일단 출근하면 탕비실을
간단히 청소하고 사무실 인원수에
맞춰 커피나 우유를 탄다.
쮸류
연어
탕비실(인간용 식품 없음.)

그리고 차장님이 맡기신 타이핑을 하면….
두룩 룩루룩 룩
인턴!

네…?

나 인턴
무릎에
앉고
싶은데….
힝

아… 네.
올라오세요….
이래도
되나…?
흐~응~.
냉큼
좋은데?

불편
하다….
팔을
어떻게 해야
하지….
그릉
그릉
오- 오!
그릉
그릉
그릉
왕 푹신
그릉
그릉

[회사 이야기] 이거 제가 이상한 건가요?

안영이될거야
20:24 조회수 35
5

제가 첫 직장을 다닌 지 얼마 안 됐는데요…. (정규직은 아니고 인턴이에요.) 일하고 있는데 상사분이 갑자기 제 무릎에 앉아도 되냐고 물어보시는 거예요. 너무 애처로운 눈으로 물어보셔서 그러시라고 했는데 (거절하면 안 되잖아요. 저는 인턴이고….) 무릎에 확 앉으시더니 너무 좋아하시는 거예요. 막 이상한 소리까지 내시고…. 근데 제가 그때 기분이 좀 그랬어요. 이거 제가 너무 예민하게 반응하는 걸까요…? 솔직히 좀 부담스러워서 거절하고 싶었는데 못 하겠더라구요. 여기 계신 분들은 회사 다니시면서 혹시 이런 경험 있으신가요?

댓글 5

오늘의내일
미친 그 ㅅㄲ 뭐예요? 죄송한데 진짜 미친 거 같아요. N

블루오렌지
님 그런 사람 봐주지 마시고 단호하게 안 된다고 쳐내세요. 하나 해 주면 님 만만하게 보고 나중에 더한 거 시켜요. N

김퓨어
하… 정말 화나네요. 저도 그런 상사 만나 봤어요. 님 맘 이해해요. ㅠㅠ N

그렇게 인턴은 '모질지 않고 예의 바르면서도 매력적이고 단호하고 세련되고 부드럽고 두루뭉실하면서도 딱 부러지게'* 말하는 방법을 밤새 고민했다고 한다.

잘해줘도 난리야

차장님!
이제 저 그만
만지시고 무릎에도
안 앉으셨으면 좋겠다고
생각합니다….
밤샘

어…
정말…?
수군
수군
수군
아니… 그게…
그런 게….

너무하다….
난 그래도 인턴이랑
친해지려고
그런 건데….
요즘 젊은 인간들은
아주 버릇이 없어!
그런 뜻으로
그러려던 게 아니라
그냥 편해서
그런 건데….

배를 만지면 좋아하는 고양이도 있지만 싫어하는 고양이도 있어요. 고양이의 다양한 '좋아요' 포인트를 찾아보세요!

인턴! 나도
만져 줘. 배!
배 만져 줘!

나는 머리 쓰다듬어 줘!
머리!!
나는 등을
두드려
달라는!

나는 엉덩이!
엉덩이 때려 줘! 세게!
턱
긁어 줘!
이렇게!

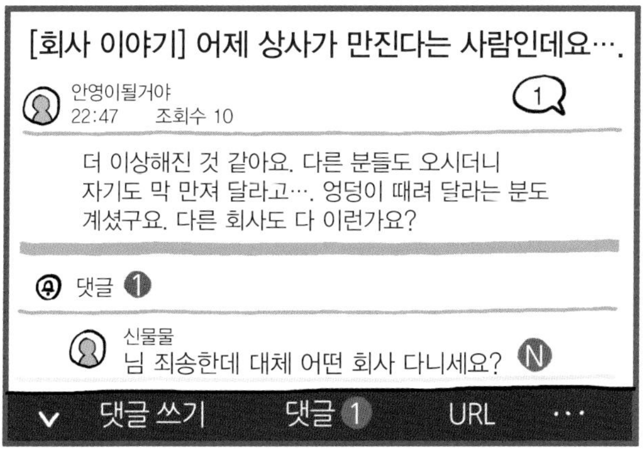
[회사 이야기] 어제 상사가 만진다는 사람인데요….
안영이될거야
22:47 조회수 10
1
더 이상해진 것 같아요. 다른 분들도 오시더니
자기도 막 만져 달라고…. 엉덩이 때려 달라는 분도
계셨구요. 다른 회사도 다 이런가요?
댓글 1
신물물
님 죄송한데 대체 어떤 회사 다니세요? N
댓글 쓰기 댓글 1 URL ···

팔 아파….
와~ 인턴 최고!
탁탁탁탁탁
그릉 그릉 그릉 그릉 그릉 그릉
그릉 그릉 그릉 그릉 그릉 그릉
그릉 그릉 그릉
그릉 그릉 그릉
그릉 그릉 그릉
그릉 그릉 그릉
그릉 그릉 그릉 그릉 그릉 그릉 그릉 그릉 그릉

낯선 향기

고양이는 새로운 물건을 발견하면 볼을 문대서 자기 냄새를 묻혀요!

이때쯤 인턴의 머릿속은 매우 복잡해졌지만….

이 한마디를 듣고 인정받았다는 뿌듯함에 모든 것을 잊게 되었다.

출근길엔 늘 생각한다. 내가 과연 회사에 필요한 인재일까?

그러고 보면 지금까지 만화나 드라마를 통해서만
막연하게 회사 생활을 상상했을 뿐이었다.

회사 사람들과는 이제 조금 얼굴을 트게 된 것 같지만,
여전히 회사 생활은 내가 생각했던 것과는 많이 다르다.

그렇게 믿으며 아침을 시작한다.

퇴근하고 싶다

냐옹컴퍼니의 규정 퇴근 시간은 오후 6시

하지만 그 시간을 지키는 고양이는 아무도 없다.

저 오늘 할 일
다 했….
할짝
할짝

힘 없 이…

집에 가고 싶다….
쓰레기통
아- 뭐야
너 때문에
불편
하잖아!
뒤적
뒤적

세 시간 후

PM 10:00

나도 전철 다닐 시간에
퇴근 한번 해 봤으면….
나는 일도 많고,
집에도 못 가고,
팬티도 못 갈아입고…
호록
호, 혹시 시키실
일이 더 있으시면
하겠습니다.

네….
정말?
그럼 이거랑 이거랑
이거랑 이거랑
이것도 좀 해 줘!
내가 해야 할
일이긴 한데
너도 할 수
있을 거야!

오늘부터 야근 금지를 위해
6시 이후엔 소등하기로
결정됐어.
6시엔 다들
퇴근하도록!
끄덕

PM 06:00

탁
빠바바밤~
안녕
휴, 이젠
야근 안 하겠지?

퇴근하겠습니다.
뭣!
어딜 가!
캬

고양이의 야간 시력은 사람보다 훨씬 좋아요. 불을 꺼도 아주 잘 보인답니다!

인턴, 사내 규정이
바뀌었대.
너는 앞으로 퇴근 금지야.
회사에서 일만 하도록.
네?!

고양이 화장실도 청소해.
물론 무급으로!
열심히 하면
정직원이 될 수 있어!
네….
쓰레기는
인턴에게
고양이용 화장실
(인간용 없음.)

뭘 잘했다고
배가 고파!
죄송합니다….
꼬르르르륵
일 해!
일 하라고!

만져! 계속!
탁
탁
하지만 팔이 너무
아픈데요….
이런 것도
못 견뎌?
탁
탁
탁

헉?!
고양이 수염
고양이 털

어떡해! 고양이가 되고 있어!
냐아아아앙
나는 그냥 열심히 일해서 학자금 대출을 갚고 싶었는데….
이렇게 고양이가 되고 싶지 않아! ㅠㅠ
빠바 바바 밥 밥
빠밥 빠밥 빠바 빠바↑
굿~모~닝~
헉?! 꿈이구나!
ㅎㅎ일어나야지
그런데 어디서부터가 꿈이지?
진짜 무서웠다!

급하게 도시 생활을 시작하느라, 먼 친척의 아는 사람의 동생의 집에서 신세를 지고 있는 인턴

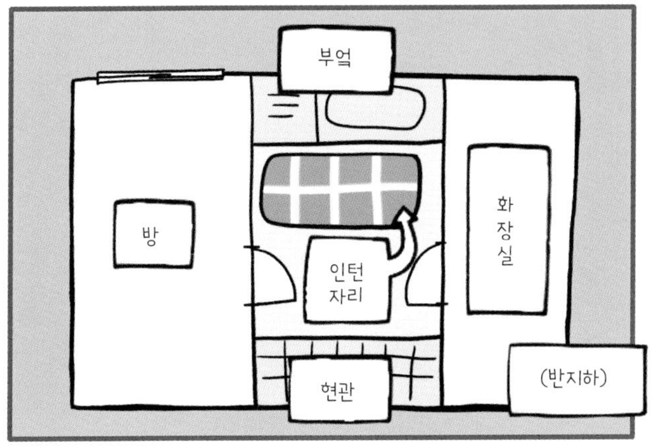

신세를 지는 것도 미안하지만, 계속 이렇게 지내는 것도 불편하다.

그리하여 집을 알아보기로 한다.

가장 먼저 할 일은 역시 어플 설치

역세권 / 깔끔 / 저렴 / 1000(보) 120(월) / 화장실
최신 양변기!
뭐야 이게! 수상해!
ONLY 여자만!

초역세권 / 도심 진짜 × 3 가까움 / 8000(보) 160(월)
이쯤 어딘가
거짓말 하지 마!

방구
(급매물) 원룸
500(보) / 40(월)
전철역 가깝습니다.
가격 대비 넓고
조용합니다.
사회 초년생 환영
연락처 01
어?
괜찮은 집을 발견한 것 같다!

네에에에?!
여기
집주인
원룸이라 면서요?!
침대
침대
창가 방 (비싸다.)
침대
넓다고 써 있었는데?!
방 2
방 3
원 룸 (ONE ROOM) 방 하나 있잖아.
안방
거실
넓게 쓰면 넓어.
요즘 젊은 인간들은 배가 불렀어!
어휴….
다들 이 방 구하려고 줄을 섰다고!
이 가격에 이런 집 절대 못 구해!
버럭 버럭
안녕? 늠늠

그래도 괜찮아.
나는 짐도 별로 없고….
운 좋게 싼 집을 구했으니까
열심히 일해서 돈 모으자…!
야!
깜
짝
꽃무늬
벽지

네가 냉장고에 있는
내 김치 먹었냐!
안 먹었다니까
몇 번 말하냐!
쾅
쾅
쾅
쾅
방음이 하나도
안 되는구나….
(당연하지.)

쾅
쾅
닥쳐 꼬맹아!
너나 닥쳐!
네가 더 닥쳐!
스윽
한 대 맞을래?
쾅
쾅
쾅
엄마 보고 싶다….

부모님께서 집 보증금과 과일을 보내 주셨다.

고양이는 귤 냄새를 아주 싫어해요! 고양이 앞에서 신 냄새가 나는 과일은 피하도록 해요!

식곤증

꾸벅
왜 이렇게 졸리지?

아직 잠자리가 익숙하지 않아서 그런가?
아니면 아까 점심밥을 너무 많이 먹었나?
인턴, 나물 떠 줘.
네!
고양이 다 됐네. ㅎ

스르르륵
너무
졸
려

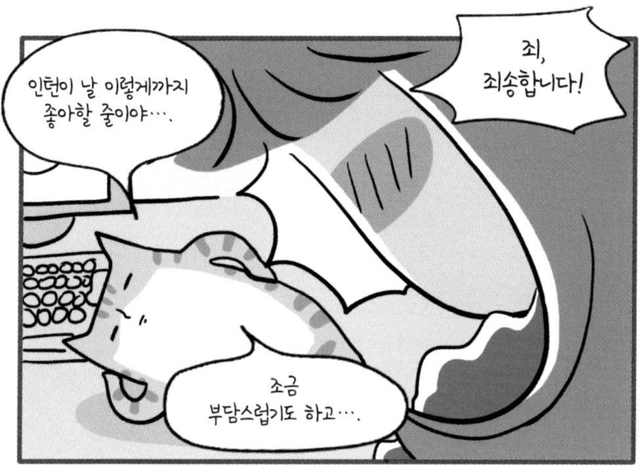

고양이의 배털은 무척 부드럽고 따뜻하답니다. 하지만 만지기는 쉽지 않아요!

이 자세는 자고 있는 고양이를 깨울 때 볼 수 있어요.

1. 무릎을 바닥에 대고 엎드립니다.

2. 어깨를 바닥에 붙인다는 느낌으로 상체를 쭉 내립니다.
척추에 좋은 스트레칭입니다.

손등에 침을 묻힌 채 머리카락 부분을 강하게 문지릅니다. 머리카락을 침으로 닦는다는 느낌으로 하면 좋습니다.

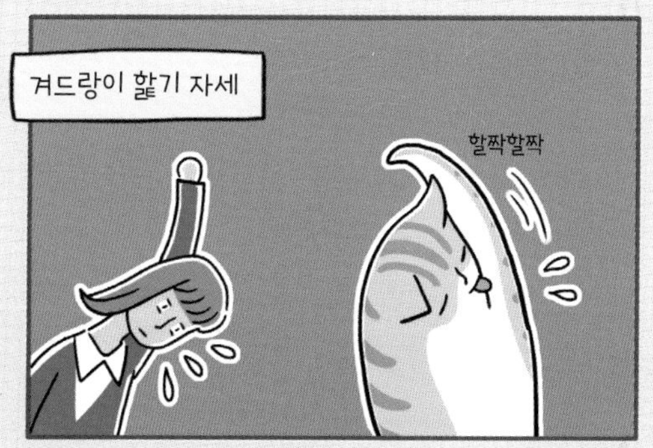

팔을 곧게 뻗은 채, 고개를 겨드랑이 쪽으로 틀어서 혀로 겨드랑이를 핥습니다. 목 주위 근육을 풀어 주는 데 좋습니다.

다리를 벌린 채 바닥에 앉습니다. 고개를 숙여 얼굴을 아랫배에 대고 배를 핥습니다. 척추 스트레칭에 아주 좋습니다.

배 핥기 자세에서 고개를 좀 더 아래로 내립니다. 가랑이가 가능하신 분들은 좀 더 고개를 내려 엉덩이 쪽으로 빼셔도 좋습니다.

뒷발을 머리 위로 올려 귀를 긁습니다. 오른쪽 발로 오른쪽 귀를, 왼쪽 발로 왼쪽 귀를 긁어 줍니다.

앉은 상태에서 그대로 다리를 올려 종아리 앞쪽과 뒤쪽을 꼼꼼하게 핥습니다. 골반의 긴장을 풀어 주고 유연성을 길러 줍니다.

고개를 몸 쪽으로 최대한 꺾고 허리를 뒤집습니다. 그 상태에서 몸을 웅크려 동그라미를 만드는 느낌으로 말아 줍니다. 좁은 공간에서 잠을 잘 때 효율적입니다.

2

스끼다시 내 인생

귤 너무 맛있더라

지난번 귤 사건으로 상사의 약점을 알아낸 인턴

한 가지 묘안을 생각해 냈다.

인간이 화장실에서 볼일을 볼 때 따라와서 관찰하는 고양이도 있어요! 특별한 이유는 없으니 너무 신경 쓰지 않도록 해요!

꺄—
귤이야!
휘익
휘익
휘익
피해!

야, 너 너무 버릇
없는 거 아냐?
아, 다들
귤을 안 좋아하
시는 것 같아서
화장실에서
혼자 먹으려고
그랬죠.
그렇게까지
싫어하실 줄은
몰랐어요.

부탁한 서류나
빨리 넘겨!
zzz

탁 탁

보통내기가
아니라는….
독한 것….
수근 수근
쾌 적
이제 누구
책상에서 노냐….

엄마?
나야.
귤 너무 맛있더라.
더 보내 줄 수 있어?

음… 밥을 먹었더니
커피가 마시고 싶은 걸?
누가 타 줬으면~.
커피 타 오겠습니다….
그런 뜻은 아니었지만
인턴이 타 온다니까 뭐~.

인턴은 참한데
살만 좀 빼면 이쁘겠어.
남자 친구는 있나?
이게 다~
가족 같아서
하는 소리야.
뒤적
뒤적
주물럭
주물럭
아, 맞다.

인턴의 사회생활 스킬이 1 올랐다!

부장님

이 분은 우리 부서의 부장님이시다.

자주 뵌 적은 없지만 어째서인지
인턴을 몹시 좋아하신다.

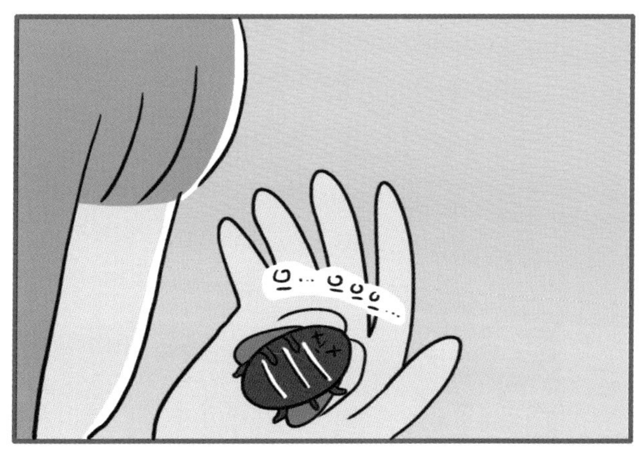

고양이는 좋아하는 인간에게 바퀴벌레나 쥐 등의 선물을 줘요. 이유는 다양하다고 하네요!

팀의 꽃

친한 동료가 없어 맨 뒤에서 혼자 걸어가며 인턴은 생각했다.

연어가 더 먹고 싶은데….
여기요!
여깄습니다!
쩝쩝
쩝
난 가다랑어가 좋다는….
꼴꼴꼴
팀에 인간 여자가 들어오니 아주 화사하구만!
아주 꽃이야, 꽃!
냠냠
쩝쩝
역시 우리 부서는 화목하다니까. 다들 건배!
네.
헉
헉
인턴, 나 참치.
인턴, 나 화장실 가고 싶어잉~.

내가 어렸을 땐
이렇게 잘 먹는 건
꿈도 못 꿨는데 말야….
칙 칙

어린 시절엔
정말 가난했지.
앙 앙 앙
그때 못 먹어서
지금도 꼬리 끝이
꺾였어. 자네들은
이런 거 모르지?
챱 챱 챱 챱

군대가 장난이냐?
커서 군대에 갔는데
거기서도 엄청 고생했지….
아, 나 때는 군대가 12년
이었어. 인간들은 모르지?
제대하고 바로 회사에 취직했는데,
고양이라고 어찌나 무시하던지….
고양이가 이런 거 하겠어?
챱챱챱
부장님 또 시작하셨다는….
쉿!
힘든가?
아… 아닙니다.
말이 나와서 말인데,
요즘 회사 생활 정말 편해졌지.
나 때는 상사가 1킬로미터 밖에서 보여도 폴더 인사를 하고
사라질 때까지 일어서지 못했지.
안녕하십니까!!
그래요~.

키가 크다고 상사를 위에서
내려다보는 건 생각도 못했어.
그랬는데….

솔직히 요즘 젊은이들은
너무 편하게 사는 거 아닌가?!
쾅
네, 네?!

인턴은 너무 피곤했고 빨리 집에 가고 싶었다.

미스 인도 이제
우리 사람이니까,

하고 싶은 얘기 있으면
편하게 해 봐.

네…?

그래, 이번 기회에
다 말해 버려.

저… 그럼
혹시 저 먼저
집에 가도
되나요….

이제 5분 뒤에
막차라서….

…….

얘가 지금 뭐라는 거냐!

아직 사회생활을 모르네!

캬 하- 하

아니 우리가 어련히 안 가겠어??

그러고 보니 내가 우리 등산 동호회 카페에서 재미있는 얘기를 봤는데,

빵 빵
DIE
뒈지바
딸기잼
....

부장님~ 제 배꼽이 없어졌어요~.
깔 깔 깔 깔
팡 팡 팡
하하하하 그렇게 웃긴가?
와, 정말 부장님 개그 센스는 못말려!!
그나저나 자네들, 오늘 술 너무 많이 마시는 거 아닌가?
부장님이랑 오랜만에 마시니까 너무 좋아서 그러죠.

(야, 빨리
술 더 따라 드려.)
혹시라도 해장으로
순대국 먹을 거면 절대
들깨는 넣지 말게!
왜요?
술이 들깨니까.
술이 들깨
'들깨' = '덜 깨' 처럼 들린다.
술에 '들깨'를 넣으면
술이 '덜 깨'게 된다.
이 부분에서
웃으면 됩니다.
아이고 부장님이
오늘 나를 웃겨서 죽이려고
작정을 하시네~!
아이고~
배야~
하하하하
엄마? 나야.
지금 회식 왔어. 응 다들
잘해 주세요….

노래방에서

♬ 그것만이 내 세상 (들국화)

♬ 거짓말
거짓말
거짓말
(이적)

♬ 스끼다시
내 인생
(달빛요정
역전만루홈런)

도시의 밤

♬ 낭만 고양이
(체리필터)

인턴 어디 갔어?
도망갔어?
하여간
요즘 젊은
것들은….
안녕히
가세요
노래방
저도 집에
갈 거라는….

차장님 오랜만에
우리끼리 좋은 데 가죠.
제가 한군데 뚫었는데.
그… 그래?
오랜만에
법인 카드
회식 콜?

고양이 카페
흐흐흐
하하하
너
중성화
했어?

회식이 끝나고 난 뒤

AM 4:30

아이고,
힘들다….
털
썩

ZZZZZZZZZZZZ

굿 모닝

AM 5:00

AM 5:30

AM 6:00

AM 6:30

AM 7:00

비즈니스

인턴은 무슨 소린지 하나도 이해하지 못했다.

저… 차장님,
새벽에 고양이 카페 가신 거 맞죠?
응~ 진짜
재미있었지.

그, 그럼 혹시 차장님이랑
같이 사는 인간이 차장님처럼
고양이 대신 인간이 나오는 곳을
다니고 그러면 어떨 것 같으세요?

우와!

와, 인간 주제에
그런 데도 가나?
재밌겠다, 나도 가 보고 싶어!

농담이야~.
고양이는 사회생활 때문에
가는 거지만 인간은
그러면 안 되지.
근데 이해는 가.
인간은 365일 발정기라며?
이미 발정이 나 버렸는데
얼마나 가라앉히고 싶겠어.
그만해
주세요….

칼퇴근

다들 어제 달렸으니
오늘은 이만 정리하고
다 퇴근해 버리자!
야호
네!
피곤했는데
잘 됐다!

인턴은
아까 준 일
내일 아침까지
할 수 있지?

언제 끝나….
쓰레기통
탁…
탁…
탁…

인턴 씨 반가워요

제품 개발팀 주임님은 인턴을 무척 좋아하신다.

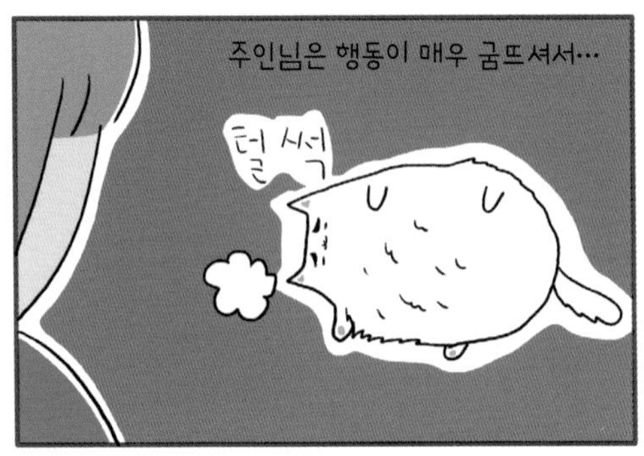

배 좀
긁어 줘요….
너무…
심심해….
네, 네!
회사에서 놀아 주는 고양이가
딱히 없는 것 같다.

여기 맞죠?
긁적 긁적 긁적 긁적
긁적 긁적 긁적
오~ 맞아요.
고마워,
고마워.
하지만 인턴은 주임님을 좋아한다.

고마운데 내가
해 줄 건 없고, 대신
손 닦아 줄게요.
에구~ 손이
많이 더럽네.
아…
감사합니다.

주인님, 이제 저 일하러 가야 해요.
잠깐만 기다려 봐요. 여기만 하고.
쟤 또 우리 팀 인턴 데리고 노네.
쟤도 참, 할 일 없나 보다.
바쁠 텐데 미안해요. 내가 손만 보면 너무 열심히 핥아서….
가서 볼일 보세요.
흠뻑
네….

아, 저 주인님!
?

인간이 정성껏 만져 주면 보답으로 손을 핥아 주는 고양이도 있어요! 그때 혀를 입안으로 집어넣는 것을 깜박하기도 한답니다. 뭔가에 집중하다 보면 그럴 수도 있으니 너무 놀라지 마세요!

걔 아마 이번에
권고사직 대상일 걸?
실적이 너무 안 나와.
근무 태도도 엉망이고.

아직까지 버틴 게 용하지.
그나마 성격이 저래서
이제껏 봐준 거야.
이 세계는 냉철하다구.
인간은 모르겠지만.

나쁜 분은
아니신데….
야, 그 말이
제일 나쁘거든?

권고사직

고양이는 어두운 곳에 가거나 놀라면 동공이 크게 확장돼요!

냐옹컴퍼니 신설 부서 화장실 부서

냐옹컴퍼니 화장실 부서 주임님의 하루
화장실
....

종이 쓰레기
TOILET
화장실
어슬렁
어슬렁
....

바쁜 척
하는 중
종이 쓰레기
TOILET
화장실
스윽
할짝
할짝

종이 쓰레기
TOILET
....
시큰

종이 쓰레기
TOILET
어머
그래서요?
어휴
말도 마~.
냐옹컴퍼니
청소 미화원

주임님 힘내세요

주임님!
뭐 하세요?
아,
인턴 씨!
탕비실에서
가져온 간식

우리 아가들
사진 보고 있었어요.
같이 볼래요?
우와!

너무 귀여워요!
이건 걸음마를
시작할 때에요.
우리 애들은 똑똑해서
태어난 지 세 시간만에
걸었어요.

좀 더 크면
사내 어린이집에
맡기려고 했는데….
지금은…
내가 이렇게 돼 버려서
앞으로 어떻게 될지
잘 모르겠네요.

내가 너무
못나서….
찌
잉
주임님!

주임님,
힘내세요!
다 잘될
거예요!
고마워요.
손 핥아
줄게요.
아니, 저
화장실 가야
하는데….

휴지가 없다

이런….
쓰레기는 쓰레기통
냐옹컴퍼니 화장실 (인간용 없음.) (휴지도 없음.)

저, 혹시 휴지 있으신 분….
화장실 가는 데 휴지를 왜 써?
인턴이 가서 사 오라는….

인턴 씨, 휴지 필요해요?
네. 하필 지금 휴지가 다 떨어졌어요.
저런….

인턴은 앞으로 휴지는 꼭 넉넉히 챙겨야겠다고 생각했다.

오늘은 지각을 했다. 혼나지 않기 위해 우편물을 챙겨 왔다.

고양이는 종이 상자에 들어가 있는 것을 무척 좋아해요. 별로 하는 일도 없지만 늘 종이 상자 안에 들어가고 싶어 한답니다!

저 일해야 하는데….
탁
쿨

다들 이렇게 나오신다면….
뒤적
뒤적

휘익
자, 귤 받으세요!
칙
칙
인턴아, 레퍼토리 좀 바꿔라.
귤+레몬즙 스프레이

왜 다들
아무렇지도 않지?
깍~
귤이야!
휘익
휘익
휘익
익숙해
졌지롱~.
피해!

자, 이제 그만 놀고
다들 일 좀 해.
흑흑… 차장님
감사합니다….
쳇….
뚝뚝
안 그래도 지금
일어나려 했다는….

크윽…!
흠~ 흐흠~
흠흠흠~.
뚝뚝
인턴 가방은
내 꺼~.

상사에게 SNS 아이디를 알리지 말라

이 사진은
뭐야?
한 달 전
이마트
아, 이건
회사 합격 소식
듣고 옷 사러
갔을 때요.
이 사진
너 아니잖아.
사기 치지 마.
좋아요 16개
wannabeAhn02 .
인턴 취직 기념! 첫 직장
ddex0729420 예쁘다!
댓글 달기...
네….

wannabeAhn02
3주 전
이건 누구야?
저희 부모님이세요.
시골에서 과수원을
하시거든요.
흠….
좋아요 8개
wannabeAhn02 .
보람이와 함께 집 근처 산책하시는 부모님

이건 뭐야?
아! 제가 자취하고 나서 부모님께서 키우기 시작하신 강아지예요!
좋아요 23개
wannabeAhn02 .
부모님이 요즘 푹 빠지신 보람이. 너무 예쁘다. 나도 빨리
흠….

사진을 자주 보내 주시는데 얼마나 귀여운지 몰라요!
저도 다음 주 연휴에 만나러 가려고요! 정말 보고 싶어요.
…….

이후 인턴은 이 일로 한동안 시달리게 된다.

무심한 듯 섬세하게

이건 뭔데.
아! 이건 제가 제일 좋아하는 만화예요.
좋아요 5개
wannabeAhn02 .
메생 재연재! 오랫동안 기다렸어. ㅠㅠ 여전히 멋지다!

이걸 보면서 직장 생활을 꿈꿨어요.
특히 이 사람은 제가 정말 좋아하는 등장인물이에요. 저도 이렇게 유능한 사람이 되는 게 목표예요!

난 별로던데. 이런 회사가 세상에 어딨냐?
꿈 깨.
인간들이 이렇게 일을 잘 할 것 같아? 취업도 막 팍팍 되고?
이런 건 회사 생활을 아주 잘 알면 비현실적이라 재미가 없어.
예를 들면 나.

그리고 인턴은 집으로 돌아가는 길에 SNS 알림 폭탄을 맞게 된다.

쿨럭쿨럭

환절기, 인턴의 기침이 부쩍 늘었다.

꽃가루 알레르기는
더더욱 아니네요.
고양이 키우시거나
고양이가 많은 환경에서
지내시죠?
우와!
그런 것도
진단 결과에
나와요?
아니. 그런 건
아니고….

옷에 고양이 털이
잔뜩 묻어있어서요.
아….

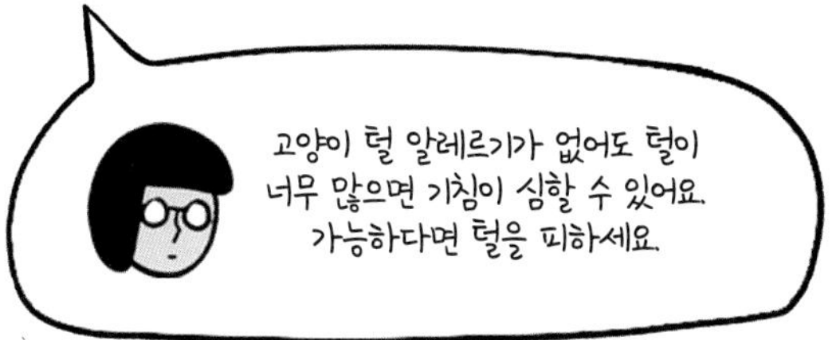
고양이 털 알레르기가 없어도 털이
너무 많으면 기침이 심할 수 있어요.
가능하다면 털을 피하세요.

제 자리는 창문이 없어요

뿜
뿜
왜?
차, 차장님.
쿨럭
쿨럭
죄송한데, 털이 너무 날려서 업무가 힘든데 어떻게 좀 안 될까요….

쿨럭
쿨럭
그걸 왜 나한테 그래?
네…?

그건 디자인팀 고등어가 매일 털을 뿜고 다녀서 그런 거야.
네??

🐾 줄무늬가 선명한 털을 가진 고양이는 '고등어'라고도 불러요!
실제 고등어와 무늬가 비슷해 보이기 때문이랍니다!

🐾 고양이 털을 제때 청소하지 않으면 자기들끼리 뭉쳐서 이렇게 공처럼 굴러다닌답니다!

냐옹컴퍼니 영업부 국내 영업팀
뿜
뿜
털이 날린다고?

뿜
뭐, 확실히 털갈이 시즌이긴 하지.
뿜
뿜
혹시 가능하시면 조금만 자제를… 쿨럭!

※ 실제로 장모종이 이렇게 털을 뿜어 내지는 않습니다.

상대의 자신감 넘치는 태도에 인턴은 순간 넘어갔다.

※ 이건 단지 자기들 탓으로 돌리는 데 화가 난 것일 뿐입니다.

안녕하세ㅇ….
후웨~~~
~~~ 엥

왜 아무도
없지…?
따르르릉

네. 차장님 자리
전화 바꿨습니다.
어?
출근했네?
~~~

아, 네….

첫 월급을 받은 인턴

현명한 경제 생활을 위해 소비 계획을 세우기로 한다.

2번 통장에 10만 원
넣어 두기!!
월급 92만 원(정도)
월세 40만 원
+ 1만 원 (관리비)
핸드폰 요금 3만 5천 원
교통비 4만 4천 원
학자금 대출 이자 + 원금 10만 원
식비 ~~28만 원~~? 15만 원
잔액 ~~11만 원~~ 24만 원
이 정도면
되겠다!

골똘
무슨 생각을
하고 있나요?
식비를
어떻게 줄이지?
어떻게든
되지 않을까?
적금 통장을
만들어야겠다.

꼼꼼한 소비 계획을 세웠지만

택시비,

계란
계란 가격이
안 떨어지네.
높은 물가,

고양이 털은 해결을
못 하셨나 보네요.
네….
쿨럭
쿨럭
병원비,

으악
스트레스 받아!
몰라 일단 먹어!
병아리
치킨
시발 비용

기타 등등 세상에는 돈 들어가는 곳이 너무 많았다.

인턴은 첫 월급을 받으면 꼭 하고 싶었던 것이 생각났다.

3

가족 같은 회사

연휴 또 왔으면

황금연휴를 보내고 난 냐옹컴퍼니의 월요일 아침

오늘 회의는…
아… 신제품이네.
그래 뭐,
신제품 나올 때
됐지.
하지만 그렇게
중요한 제품은
아니니까.

이번 신제품은
인턴이 한번
담당해 볼래?
제가요?
우리가
요즘 좀
바쁘거든.
그래, 너.

성과를 봐서
정직원 계약에
도움이 될 수도
있어.

기대가 커.
멋들어지게 써 보라고.
두루루루루루루

PPT가 50장?? 이걸 언제 다 하지?
이메일은 어떻게 보내면 좋지? 양식 같은 게 있나?

EMS는 어떻게 보내는 거지?
주소가….

냐옹컴퍼니 회의실

며칠 후
저, 차장님.
응?
지난번에 그…
정직원 그… 결과 음…
아니 그게 어….

야, 일을 그렇게 하고
그런 걸 이렇게
뻔뻔하게 물어보면
어떡해?
아… 그렇죠.
하하하….

네가 해 놓은 거
다시 메꾸느라
우리 다 고생한 거
알지?
네….
툭
힘내.
오늘 회식이나
할까?
벨기에 막걸리
바하아아
야! 인턴
어딨어!
이게
맞나….
젊은 여자 인간이
술을 따라야지!

점심시간에 산책
아유, 그런 일이 있었군요.
그래도 뭐, 이번 기회에 일은 많이 배웠어요.

인턴 씨, 잘하고 있어요. 그래도 인턴 씨 고생한 거 언젠가 알아줄 거예요.
그렇게 조금씩 인정받는 거죠.
네, 감사합니다.

그래.
오늘도 힘내자!
웃어봐

이번에 우리 회사
정직원이 된
M 씨라고 해.
안녕하세요~.
회사 사장의
조카의 전 주인이래!
세상에~.
…….

월요일엔 아침 회의

새로운 직원도
왔으니 자기소개나
한번 해볼까.

안녕하세요. 저는….
대학 어디 나왔어?
남자 친구 있어?
몇 살이야? 나이 많지? 맞춰 볼까?
중성화 했어?

잠깐만. 다른 건 다 그렇다 치는데 자네 머리 꼬락서니는 좀 바꿔야겠어. 꼭 강아지 같잖아.

정말요?
알아봐 주시는구나!
제가 강아지를
완전 좋아하거든요.
그래서 강아지처럼
파마해 달라고
했어요.
완전 기분 좋다. ♡

크르르르르르르릉
헤헷
…….

크르르르르르르릉
헤헷
회… 회의
할까?
아유, 인턴이
복사를 참 잘해.
그, 그럴까요?
하하하….

우리 팀은
책임감이 강하지.
그래서 야근도
잦아.
아~
그렇구나.
ZZZ

탁
앗, 불이
꺼졌어요!
전기 절약을 위해 6시
이후엔 소등이야. 하지만 우리 팀은
능력이 좋아서 알아서 다 일해.
ZZZ

탁
앗!

어머, 죄송해요.
실수로 넘어져서 차단기가 열렸는데
그만 손이 미끄러져서 전기를 켜 버렸네?
역시나 나는 어쩔 수 없는
귀여운 실수투성이~.
정말 못 말린다니까!
꽁!
끄으응….
편하다!
키가 작아서 차단기에
손이 닿지 않는다.

야! 너 너무한 거 아냐! 감히 상사를 무시하고 회사 방침도 안 따라?
안되겠다. 너 따라 나와!!
끙!
아, 맞다!
과장님, 제발 참으시라는!
야, 걔 낙하산이야. 어느 인맥인 줄 알고 이래!

최고급 닭가슴살 구이 좋아하세요?
좌르륵
제가 일부러 산 건 아니고 우연히 파는 곳을 발견해서요.

쩝 쩝 쩝
흠흠… 마, 맛있네.
좋은 인간인 것 같다는….
야, 그냥 조금만 참아 보자.

오늘 신입 사원이 왔다는데 어디 있지?
부우자앙니이이임!
두다다
다
다
다
다
다
다 다
부장님~ 어떤 분이신지 너어무 궁금했는데 너무 멋지세요.
제가 먼저 찾아 뵙고 인사드려야 하는데 이렇게까지 와 주시고….
아니, 내가 와야지. 허허허.
오늘 회식이나 할까?
회식 좋아요!
야, 봤냐?
쟤 진짜 장난 아니다.

신입 사원 환영 회식
인턴, 나 물.
저는 소시지 먹고 싶다는….
여긴 상추가 없어요.

미스 인은 꿈이 있나?
네?
치이이익
고기 굽기 담당

저야 뭐… 그냥 정직원으로 무사히 취직하고, 학자금 대출 갚고, 돈 모아서 결혼도 하면 좋고… 그런 거죠, 뭐.
치이이익

저는
국내 최대의 스타트 업을 만든 후
젊은이들에게 꿈을 주는
CEO가 되고 싶어요.

역시! 젊은이는
꿈이 커야지!
내가 너네처럼
젊은 데다
인간이면
쇠도 씹어 먹어!
마셔!

인턴도 벌써 두 달째. 이곳은 내가 상상했던 회사와 매우 다르다.

고양이는 '그릉그릉' 이라는 소리로 기분을 표현해요!

인턴 님은
고양이를 정말
잘 다루시네요.

예? 아닌데….
인턴, 나 빗질 좀!
고양이 똥
치우는 중
아, 제가 할게요.

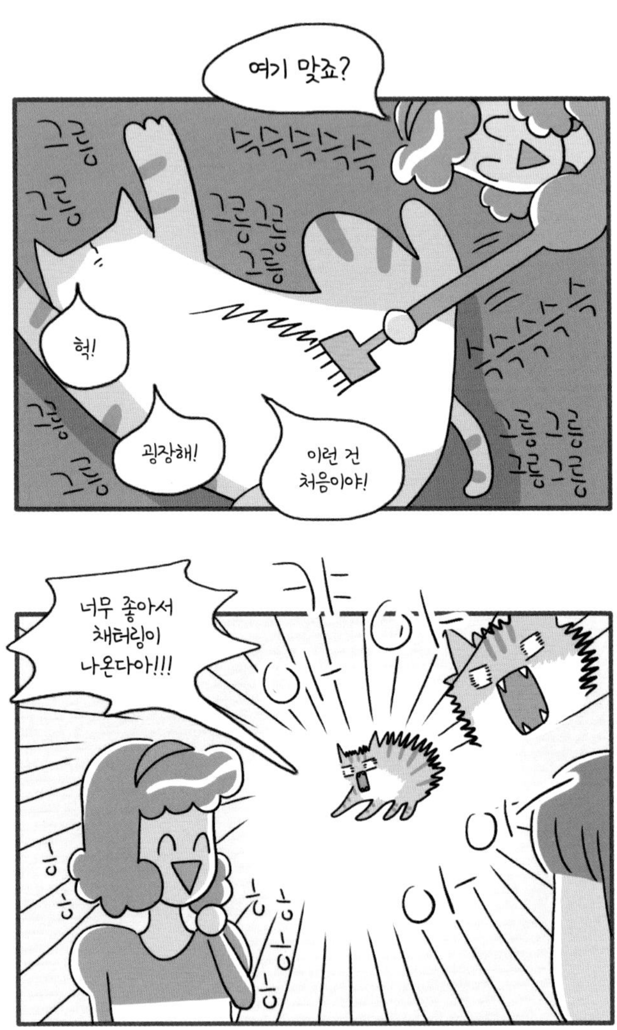

고양이가 극도로 흥분하거나 사냥을 할 때 '채터링'이라는 걸 한답니다. 아주 특이한 소리를 내요!

인턴은 방금 본 것을 절대 아무에게도 말하지 말아야겠다고 생각했다.

화장실에서
손을 씻어요
이번에 새로 온 직원 괜찮지 않냐?
그루밍 완전 잘한다는… 천재라는….

처음엔 낙하산이라 별로였는데 이젠 그렇지도 않다는….
근데 원래라면 인턴이 정직원 돼야 하지 않나?
나 여기 있는데….
고양이용 화장실 (인간용 없음.)

인턴은 그냥
인턴이라는.
절대 이룰 수 없는
꿈이라는….
꺄르륵~ 맞아.

엄마? 나야.
나는… 뭐 그냥
잘… 지내지….
내 일 또 만 나

정 곤란할 때

인턴! 이거 오늘까지 다 해 놔.
인턴~ 정직원 시켜 줄게.
네!
…….
네….

인턴 씨, 정 곤란할 땐 이렇게 해 보세요.
네?
인턴!

인턴, 커피 좀 타 줘. 인턴이 타 준 커피가 맛있거든.
딸깍
만질 만질

🐾 고양이는 청소기와 드라이기 소리를 아주 싫어해요!
고양이가 너무 싫어한다면 되도록 사용하지 않기로 약속!

호칭 없는 날 ①

팀워크 증진을 위해 매주 목요일을
‘호칭 없는 날’로 정할 예정이라네.
그날 쓸 친밀한 호칭 뭐 없겠나?
인간들은 그런 호칭 많지?
호칭 없는 날에 호칭을 또 만들어?
제가 찾아보겠다는!

다음 날
호칭 없는 날에 쓸 호칭을 찾아봤다는.
인간들이 쓰는 친근한 호칭을 밤새 연구했다는.

인간들이 죽을 것처럼
좋아하는 호칭 하나를 발견했다는.
오늘의 호칭
오빠
그건 바로
'오빠'라는.
호칭을 이걸로
정하면 다들
좋아하실 거라는!

오
빠

저, '오빠'가 무슨 뜻인지는
혹시 아세요?
그런 건 모르겠고
별로 중요하지도
않다는.
좋아. 그럼
호칭 없는 날엔 모두
오빠로 통일이다!

호칭 없는 날 ②

'호칭 없는 날' 시행 첫날

오빠~.
나 일 다해쪄.
나 퇴근해도
돼, 오빵?
허튼소리
하지 마~.
하
하
하
꺄르르륵.

이거 재밌네!
상하 관계 없이 더욱
친근해진 느낌이야!
인간이 된 것
같은 느낌!
와, 이게 지금
뭐 하는 짓거리죠?
화기애애
화장실
좀….

'오빠'는 친인척이나 사적인 관계에서 쓰는 호칭이지, 회사에서 쓰기에 적절한 호칭은 아닌 것 같네요.
대체 무슨 정신머리로 이러시는 건가요?
지금 내 연구 결과 무시하냐는!

이건 손윗사람에게 손아랫사람이 쓰는 '공식' 호칭이라는!
TV만 켜도 모든 호칭이 다 오빠라는! 나는 두 시간 동안 '오빠'를 150번이나 들은 적도 있다는!
오빠아
거짓말하지 마세요!
기어코 여자 출연자에게 애교를 받아 내고야 마는 장난꾸러기
진짜라는!

노래에도, 영화에도, 광고에도, 모든 곳에 다 '오빠' 투성이인데 왜 쓰면 안 되냐는!
사람들은 '오빠'를 좋아한다는! '오빠' 없이는 아무것도 만들 수 없다는!
몇 년 후엔 Siri나 예수님도 오빠라고 부르게 될 거라는!
그건 아니죠!!
아니긴 뭐가 아니냐는. 너희 입장 생각해서 열심히 연구했는데 이게 뭐냐는!
왜 잘 쓰는 호칭 하나 갖고 여기선 쓰고 저기선 안 쓰고 인간들 대체 뭐 하자는 거냐는!

헉헉 흥분했더니
더 못생겨져 버렸다는.
립글로스
발라야지.
딸
깍
그리고 앞으로
매주 목요일엔
휴가 쓸 거야.
오빠들, 그럼
나 오늘은 그냥
퇴근할게.

주임님 말씀을 듣고 보니
정말 그럴 수도…
어떻게 매주
휴가를 쓰냐!
오빠, 왜 이렇게
까칠해~.

…가 아니잖아! 이건
내가 봐도 너무 이상해!

다시 돌아온 즐거운 '오빠 데이' 아침

'호칭 없는 날(속칭 오빠 데이)' 구성원들의 무관심으로 인해 무산

대리님

대리님은 늘 여유로워 보입니다.

쪼끔만 더,
쪼끔만.
커그클글처
네… 네.

야, 너 과장이랑
절대 놀지 마.
걔 완전 사이코야.
소곤
넌 나랑만
놀아야 해.
알았지?

그런 거 아니에요

점심시간
음식을 남기지 말아요
어머, 어머!

자기 왜 과장 옆에 앉았어?
그게… 저기….

얘들아, 인턴 이상해! 밥 먹을 때 막 과장 옆에만 앉는다니까. 인턴이 과장 좋아하나 봐. 꺄르륵~.
아니에요!
하~품
대리님, 그런 거 아니에요!

너 또
장난질 치고
다니냐!
꺄르르르륵!

휴우
과장이랑 대리가
친한 사이라서
신입 갖고 장난
많이 쳐.
너무 신경 쓰지 마.
아무도 신경
안 쓰니까.
네….

여름을 맞아 미리 사 놓은 옷을 입어 본 인턴

살을 빼는 데는 달리기가 최고!

캬!
술 마시쪄!
크하하!
어이 아가씨!
어디 가!

젊은 여자가
밤늦게 혼자
싸돌아다니면
쓰나!
이리 와서
술 좀 따라!
펄럭
꺄아악!
찍

크하하하
쫄았다!
쫄았어!
하하하
재밌다!
야! 우리 안
잡아먹어!
무서워서
못 뛰겠다….
밤길이 무서워 포기

실내에서 하는 운동이 좋겠다.
다들 엄청 비싸 보이네.
태권도
발레
댄스
취미반
싸다헬스
3만원
이건 싸다!

헬스장 등록을 했다.

3개월에 9만 원, 1개월에 4만 원이에요.
그럼 1개월 할게요.
3개월 안 하고요? P.T.도 안 받아요?
좀 하셔야 할 것 같은데?

헬스장 등록 첫째 날, 인턴의 눈에 비친 헬스장 모습

결국 한 달 동안 3일밖에 가지 못했다고 한다.

인턴 다이어트 해?
그럼 사내 피트니스 센터를
이용해 봐.
그런 게
있어요?
그럼. 우리 회사는
복지가 좋다고.
쭈욱
닭가슴살
나 먹는다?

잘됐다!
피트니스 센터가
회사 안에 있으면
야근해도 갈 수 있겠다.
우물 우물
운동복 챙겨서
내일 가 봐야지.

다음 날
피트니스 센터
....
캣타워
캣휠
벅
벅
스크래처

야, 살 빼는 게
뭐가 어려워.
그냥 적게 먹고 운동하면
되는 거 아냐?

다 의지 부족이야.
사내 피트니스 센터도
안 가겠다는데
살을 어떻게 빼?
그, 그럼 차장님도
다이어트 한번 해 보세요.
뱃살 많으시잖아요!

난 인간 여자랑 다르지.
난 고양이잖아.
까-딱
까-딱
그거 아니?
인간 여자는 날씬해야 하고,
고양이는 뚱뚱해도 돼.
우리 대표님이 그랬어.
으으….

난 한숨 잔다.
넌 살찌니까 눕지 마.
아, 밥 먹고 자는 잠이
제일 달콤해~.
끄응….
척
척
척
척

여러분~ 점심시간
끝난 지 한참 지났는데
이거 컨펌 좀 해 주세요.
차장님?

와~ 진짜 고양이
새끼들 일 더럽게
안 하네요.

이걸 쓸
때가 왔네.
인턴 씨, 이거 좀 해
줄래요? 난 바빠서.
이게 뭔데요?
별건 아니고
고양이들이 좋아하는 거.
쥐돌이 낚싯줄
장난감

이… 이렇게요?
손목 스냅을 이용해서
활기차게 흔들어 보세요.

휙
탁
쿨쿨
쿨쿨쿨
어?

휙
탁
탁
이게 무슨 소리야?
님들 이거
엄청 재밌다는!

휘익
탁
탁
탁
탁
탁
탁
와! 이거
흥분된다!
거기 서!
이 요망한 것!

여러분, 잠깐만! 우린
구조적으로 생각할 필요가
있다는.
쥐를 잡으려면 쥐가
어디서 왔는지 알아야 하지
않겠냐는?
뭔 소리야….
헉
헉
헉

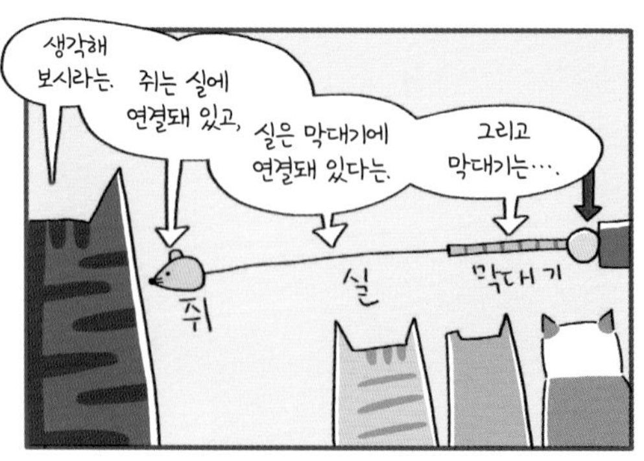
생각해
보시라는.
쥐는 실에
연결돼 있고,
실은 막대기에
연결돼 있다는.
그리고
막대기는….
쥐
실
막대기

인턴은 새로운 운동법을 발견했다.

차장아, 주임이 깽판 쳐 놓은 일 내가 꼭 해야겠니?
(난 걔 싫단 말야.)
그럼 인턴한테 해 달라 그래.
어? 과장님, 시키실 일 있으세요? 제가 할게요!

흥…
괜찮게 했네.

더 시키실 일 있으세요?
흠… 흠, 인턴.
그건 아니고….

좋은 말을 건네 보고 싶다. ('수고했다' 같은)
그러면서도 자신의 존재감을 뽐내고 싶다.
나를 대단한 상사로 여겼으면 좋겠다.
하지만 그걸 드러내고 싶진 않다.
음… 그….
?
나, 나는 어렸을 때 버려졌지!
아, 술 드시고 몇 번 이야기하셨어요.
아주 힘드셨죠?
그, 그렇지!

버려진 아기

어렸을 땐 다리 밑에서 살았지! 강아지가 날 키웠어!
우리 애기 집에 갈까?
응!
정말 힘드셨겠어요.

어렸을 땐 인간들에게 꼬리도 잘렸어! 그냥 길을 걷고 있었을 뿐이었는데!
앙 앙
어머, 세상에….

하지만 공부를 열심히 해서 학교도 가고 취업도 해서 과장도 됐어!
너, 학교 다닐 때 공부 잘했어?
열심히 하긴 했는데 다들 너무 열심히 해서 성적은 그닥….

난 모든 걸 열심히 했어!
공부하면서 운동도 했어!
그 바닥에서 날 모르는
고양이는 없었지!
고양이를 죽이지마
어, 이건
처음 듣는 말인데.
뭐라고 맞장구 치지?

와! 과장님도
운동하셨어요?
저도 얼마 전까지
했어요!
쓰러
뭐?

무슨 운동하셨어요?
저는 헬스랑
달리기를 조금….
이래서
젊은 인간들이랑은
얘기가 안 통해.
??

긴급회의

긴급회의에 와 주신
각 팀원 여러분 감사합니다.
오늘 회의 안건은 '비정규직의
정규직 전환'입니다.
최근 추세에 발맞추어 저희
냐옹컴퍼니의 일부 비정규직 직원도
정규직으로 전환하고자 합니다.
이 과정에서 발생할 문제를 최대한
싸고 쉽고 빠르고 멋있게 해결할
좋은 아이디어 부탁드립니다.
대표님의 개인 비서
미스 스폴

그런데 그걸
왜 우리한테?
대표님이 너무 복잡해서
생각하기 싫으시대요.
쾅
너무 복잡해!
나 안 해!
역시 우리
대표님이야.

기타
등등
우리 비정규직 사원 얼마나 있지?
꽤 되죠.
그냥 대충 고양이만
정규직 전환하면 안 되나?
그건 좀….
ZZZ

음~~

해피 엔딩

제게 좋은 생각이 있습니다.
이 방법대로라면 모든 비정규직 사원을 정규직으로 전환할 수 있습니다.
뭔가?

빨리 말해 보게.
발상의 전환이 필요합니다.
非정규직
아닐 비
보세요. 비정규직은 '아닐 비'자와 '정규직'이 합쳐진 거죠.
이걸 거꾸로 이용해 보면 어떨까요?

그러니까 앞으로는 '아닐 비'자를 쓰지 않고, 알파벳 'B'자를 쓰는 'B 정규직'이 되는 겁니다.
그럼 기존 정규직은?
B
B
A
당연히 'A 정규직'이죠.

그럼 너도 정규직,
나도 정규직,
우리 모두 정규직!
A
B
B
훌륭해!
짝짝
천재다!
그럼 그렇게
정하고 회의 끝!
짝
정규직 전환
축하해!
???????
인턴 씨,
축하해요!
짝
짝
짝
축하한다,
인턴!
짝
짝
짝
짝
짝
짝
짝
짝
짝
짝
축하해.
축하한다는….

탕비실 (인간용 식품 없음.)
어, 오늘 간식이 많네!
쮸르
우유
캔
쮸르
탕비실 정리 담당

오래만에 화장실 주임님께 간식이나 드려야지!

화장실
츄
욱
주임님…?

무슨 일
있으셨어요?
아무것도 아니에요.
그냥….
대표님이 오셔서…
좀 뭐라고 하셨을
뿐이에요….
뭐가 좋다고 화장실 앞에서
실실 쪼개고 앉아 있냐!
저런….

주임님,
이거 드시고 힘내세요….
제가 해 드릴 게 없네요.
죄송해요….
아니에요, 인턴 씨.
정말 아니에요.
난 괜찮아요.
인턴 씨….

!
와락
흑….

많이 힘드시구나….
쓰담
쓰담
잉
잉
잉
안아서 위로해
드리고 싶다.

어… 그런데,
흑
흑
흑
흑
흑

어… 어떻게 안지?
고양이 안아 본
적 없음.
화장실
흑
흑
너희 팀 주임한테나
잘하라는….

주임님이 억지로 울음을 삼키는 소리가
가장 가슴이 아팠다.
차라리 큰 소리로
우셨으면 좋겠다.
토닥
토닥
끅… 끅….

인턴 씨도
나 때문에
고생이 많네요
훌쩍
아, 아니에요!

내가 답례로 줄 건 없고….
뿍
아무것도
안 주셔도 돼요!
아니, 잠깐만요.

이거라도 줄게요.
예로부터 고양이 수염은 행운을 갖다 준다고 해요.
고양이가 직접 뽑아 준 수염은 흔치 않아요. 나 수염 관리 깔끔하게 하고 있으니까 상태는 좋아요.
인턴 씨 앞날에 행운을 빌게요.
울컥
아유, 이거 어떡해!
또 대표님 왔다 갔구먼.
우리가 도와줄게.
주임님….
그래도 자기 안 잘린 게 어디야.
괜찮아요. 제가 혼자 할게요.

…….
장실
주섬주섬
어?

내 아기들….

꼬옥

얘네 빨리 커서 독립시키고 나는 회사 때려치워서 이런 일 더는 안 당했으면 좋겠다 너무 지치고 힘들
아니야, 이런 생각 하지 말자.
얘들아, 나 힘낼게…!

인턴 생활은 생각했던 것보다 더 힘들다.

그런 나에게 요즘, 힘들 때마다 위안을 주시는 선생님이 생겼다.

오늘은 호롤롤 선생님의 북 콘서트에 간다.

여러분의
마음속 행복을 꺼내서
이 방울 안에 넣었다고
생각해 보세요.
이제 이 방울은
여러분의
'행복 버튼'입니다.

이제 방울이 울릴 때마다,
여러분은 행복해집니다.
행복한 사람들은 뭘 하죠?
크게 웃겠죠!
하 하 하 하 하
딸랑
그렇죠, 그렇게 하는 겁니다.

여러분이 지금까지 느꼈던
부정적인 감정을 떠올려 보세요.
시기, 질투, 미움, 우울….
그런 것들은 이제
이 방울이
쫓아낼 겁니다.
여러분은 아직 청춘입니다.
무한한 젊음과 행복으로
가슴 속을 불태워 버리세요.

취업이 어렵나요?
눈을 조금만 낮춰 보세요.
여러분의 능력은 어디서든
빛날 수 있습니다!
상사가 너무
많은 일을 시키나요?
여러분은 그 곱절의 일을 해서
상사를 놀라게 하세요!
누군가 여러분을
괴롭히나요? 그럴수록
더 크게 웃어서
상대방의 기를
꺾어 버리세요!
딸랑! 딸랑!
하 하 하 하
행복 방울은 입구에서
세일가 55,000원에
판매하고 있습니다.
인턴은 오랜만에 큰 소리로 마음껏 웃었다.

좋은 강의였다.
앞으로 회사 분들께
청소기는 절대 쓰지
말아야지.
대신
더 열심히 해서
일로 인정받자.
철컹 철컹
딸랑
명심하자.
힘들수록 더 크게 웃기!
야! 너 때문에
달빛이 가리잖아!

미팅 준비

냐옹컴퍼니 회의 시간

뭐야, 몰라?
입사 때
고양이어 능력 시험도
안 봤어?
아~ 이거
곤란한데.
하, 할 수
있습니다!
상사가 100만 원어치
일을 시키면
200만 원어치를 해서
놀라게 하세요!
그래?
그럼 와.
역시 그런 자리엔
젊은 인간 여자가
있어야지.

미팅 당일

바이어 미팅 당일

냐…
냐~ 옹~

냐~ 옹~
냐~ 옹~
?
재 저거
못하는데
하는 척한다.
어휴….

주말엔 호롤롤 선생님의 새로운 강의를 들으러 갔다.

오늘 강의는 여러분의
고민 상담 시간입니다.
호롤롤
선생님 특강
"행복으로 직접
통하는 길"
stay smile
'안녕하세요, 호롤롤 선생님.
선생님의 열렬한 팬입니다.
다름이 아니라….'

'저희 집 고양이가 저를 너무
힘들게 합니다. 요즘 이것 때문에
매일 울어요.
고양이는 저를 하루 종일 때리고
저는 매일 상처투성이입니다.'
흑흑
헤헤
탕탕탕
'게다가 하루에 한 번씩은 밖에서 다른 사람을
데려와서 제 앞에서 자기 엉덩이를 때리게 합니다.
선생님, 저는 너무 불행합니다. 어떡하죠?'

바로 질문자 님 것이죠?
그럼, 이 상황에서 불행한 사람은 오직
질문자 님 뿐입니다. 맞죠?

감정은 암세포 같은 것입니다.
정신을 집중하면
사라지게 돼 있습니다.

게다가 고양이는 완벽한 생물이고,
인간은 고양이를 부양하고 기쁨을
제공할 의무가 있습니다.
자, 불쌍한 질문자 님을
위해 행복의 웃음을!
하하
딸랑
하하핳하

어쩌면 질문자 님은
자신의 의무는 저버린 채,
부정적인 내면만 신경 쓰고
계시는 건 아닐까요?
하루 빨리 자신의
마음속 불행을 내쫓고,
저와 함께 행복을
누리시길 빕니다.
그리고 나가실 때
호롤롤 굿즈를 사 주세요.

선생님 말씀이 맞아.
나는 지금껏 내 주변 탓만 하면서
내 의무를 무시하고
있었던 게 아닐까?
야! 내가 지나가는데
감히 길을 막아?!

내 의무는…
학자금 대출 갚기, 정직원 되기
이 두 개뿐이잖아.
자리를 양보해요
야! 다리 오므려!
내가 다리를
못 벌리잖아!
어떻게 보면 다른 사람들은
다 쉽게 해 내고 있는데 나만
너무 힘들어하고 있었구나.

어쩌면 너무 세속적인 욕심을
채우려고 한 게 시작일지도 몰라.
조금 더 행복한 마음을 가져 보자.
덜컹
덜컹
강의장에서
산 호롤롤
안마기
벌써 몸과 마음이
좋아지는 게 느껴져.

그렇게 힘들던 회사가
이제 행복한 공간으로
느껴져!
더 더 더 더
힘을 내야지!
쟤 요즘 다른 의미로
이상해지지 않았냐?
의욕은 넘치는데
눈이 풀렸어….

잠깐 냐옹 상식 ①

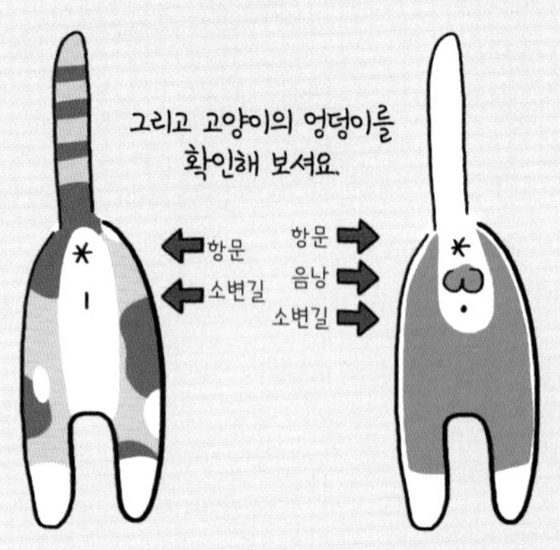

수컷은 이렇게 항문 아래 음낭이 있답니다.

어때요,
정말 쉽죠?

한 가지 주의할 점은
고양이에게…

휙

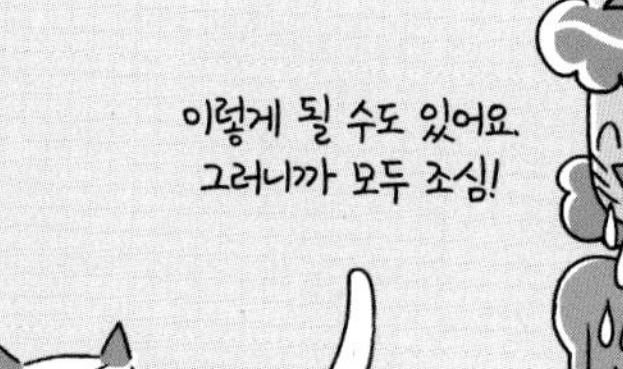
이렇게 될 수도 있어요
그러니까 모두 조심!

잠깐 냐옹 상식 ②

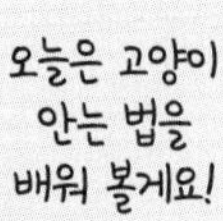

고양이를 안으려면
일단 고양이가 안정적인
상태인지 확인합니다.

주위에 안김 당하고 싶은
외로운 고양이를 찾아보세요!

세게 하면 안 돼요!

어때요,
참 쉽죠?

고양이가 싫어할 수 있는
고난도의 기술이니
적당히 친해지기 전까진
안지 않도록 해요.
뚝 뚝

‘일잘’과 ‘일못’ 사이

내일 있을
바이어 업체 분석 자료 PT는
신입이 좀 해 줘.
싫어요.
NO!

차장님이 하기 싫어서
그런 거잖아요.
그리고 저 바빠요.
헤
헤
ㅅ
끙….

네가 뭐가 바빠.
너 맨날 칼퇴하잖아.
한 시간씩만 더 일해!
그리고 너….
저 그냥 분석 자료
쓸게요~.

췟, 건방진 신입.
어디 얼마나
하는지 보자.
본때를 보여 주자고.

혹시 마케팅 팀에서 이번에
작성한 자료 있으신 분?
조용

주임님, 지난번
회의 때 마케팅 자료
갖고 계시지 않았나요?
흠, 흠, 그게
배고파서 먹었다는.
예??

대리님, 혹시 마케팅
자료 어디에 저장되어
있는지 아세요?
아유~ 피부 관리실
예약했는데 깜박했네.
나 퇴근!

과장님,
초안 작성했는데
혹시 검토 좀….
너는 왜 주임이랑 대리 선에서
해결 안 하고 건방지게 나한테 오냐!!
쾅
헐!

차장….
쿨

큭큭큭… 잘해 봐.
PT 기대하고 있겠다고.

탁탁탁
아, 고양이 새끼들 진짜 짜증 나게 하네요~.
에너지 음료

PT 당일

탕
탕
컴퓨터가 안 켜지네요.
미리 확인도 안 해 봤냐는.

우리 프로젝터 친구는 왜 이럴까요?
ERROR
ㄷ딕
ㄷ딕
그걸 우리가 어떻게 아니?

그럼 그냥 시작할게요.
자네 지금 장난하나?
바이어업체
분석자료
PT
M씨
손으로 써 왔다.
인원수대로 자료 출력해서 나눠 주고 USB에 자료 담아서 빔 프로젝터로 쏘는 건 기본이잖나!

지금부터 영업 기획 보고서를
발표하도록 하겠습니다.
팟
레이저 포인터

해당 바이어는 연 매출의 xx%를
차지하고 있는 주요 바이어로….
어? 어?

전략적인 접근이
중요하다고 할 수
있겠습니다.
어? 왜 이러지?
기분이 이상한데?

....

탁
야! 움직이지 마!

휙
탁
어!
다들 움직이지
말라고!
탁
차장이나
잘 해!
헤
헤
탁
탑
막 잡고 싶어져!
너무 재밌다는!
잡힐 듯 잡히지
않는 게 애가 닳다!

여기
있습니다!

우와아아!!!

여깄다!
냐옹!
저거 잡아!
캬옹!
상사분들이 진정으로
즐거워하고 계셔.
프로다, 이분…!
아, PT는 이렇게 하는 거구나….

왜 저희가 둘이서
차를 마셔야 할까요?
일단 앉아 봐.

지난번 PT, 아주 좋았어.
내용은 기억나세요?

이번에 제안한 제품,
바이어들 반응이
어마어마해.
앞으로 우리 팀이
많이 바빠질 거야.
지금도 너무 바빠서
고양이 손이라도
빌리고 싶으니까.

M 씨가 인턴한테
일 좀 가르쳐 줘.
그 어리바리요?
우리 할 일 많으니까 걔도 최대한
써먹어야지. 같은 인간 여자니까
네가 좀 챙겨.

아… 예… 뭐…
알겠어요.
그 표정은 웬만하면
내 뒤에서만 해.

뭘 시켜야 우리 어리바리가
정신을 팍 차릴까요?

그렇지. 일단 이번 달에 방문하는
해외 바이어들에게 줄 샘플 리스트 만들어서 정리하고,
판매량 고려해서 견적낸 후에 바이어한테
메일 좀 보내 줘요.
자, 여기
바이어 리스트!
인턴의 눈에 비친 신입 사원 M 씨의 모습
예??
콩쥐야. 파티에 가려면
밑 빠진 독에 물을 붓고
자갈밭을 매고
집수리를 해 놓으렴.
자, 여기
나무 호미!

문화의 날

점심시간

음식을 남기지 말아요
여러분, 오늘 대표님이 기분 좋으시다고 '문화의 날'을 하고 싶으시대요. 점심 드시고 사거리 극장 앞에서 1시까지 뵐게요.
극장이요?
대표님의 개인 비서 미스 스폴

매월 마지막 주 수요일은 '문화가 있는 날'이잖아. 이번 달엔 영화 볼 건가 봐.
우와! 무슨 영화일까요? 저 도시에 있는 영화관 처음 가 봐요!

네가 알아서 뭐 하게?
인턴이 영화를 왜 봐?
그리고 너 할 일 많잖아.

흑흑, 좋겠다.
☆사거리극장☆

그것도 잠시, 인턴은 '멘붕'에 빠졌다.

인턴 씨, 부탁한 일
멀었어요?
네, 네?
곧….
SAMPLE
SAMPLE
하나도 안 했네?
그럼 나 영화 보고 조퇴할게.
그 근처에 홍찻집이 새로 생겨서.

하하하!
하하하!
딸랑
딸랑
호롤롤 선생님의 행복의 방울

좋겠다….
…….

뭐부터
해야 하지?
어쩌지?
쓰레기통
SAMPLE
SAMPLE
SAMPLE
…….

하하하!
하하하!
……

현재
아 망했다….
진짜 어떡하지….
쓰레기통
……

부탁한 일 다 됐어요?
지금까지 한 거 한번 줘 봐요.
헉! 하나도 못했는데….

헬로, 아이 엠 인턴. 아우얼 프로덕츠 이즈 베리 굿. 플리즈 바이 아우얼즈. 땡큐.
미치겠구만!

지금 샘플 정리를
이따위로 해 놓은 건가요?
네, 완벽하게!
제, 제가 뭐
잘못했나요?
SAMPLE
SAMPLE
SAMPLE
인턴 씨~ 바이어한테 이렇게 샘플을
다 줘 버리면 제품에 건의 사항이 있을 때
어떡할까요? 우리 사무실엔 샘플이
하나도 없는데?
견적은 또
왜 이렇게 싸요?
그, 그게 우리나라보다
물가가 낮으니까
힘드실 것 같아서….
견적은 어떤 나라와 오가든지
간에 무조건 달러 환율이에요.
환율을 잘 점검하세요.

그리고 우리 회사 측에서 정한
마진율이 있으니 상대 나라 물가를
굳이 계산하지 않아도 돼요.
이번만 내가 해 줄
테니까 잘 보세요.
인턴의 눈에 비친
신입 사원 M 씨의 모습
나무 호미로 자갈밭을
맬 땐 이렇게 하세요.

바이어 메일은 영어라고
너무 직설적으로 쓰지 마세요. 두괄식으로
말하되 부드럽고 완곡하게.
절대 자기 생각을 쓰지 마세요. 인턴 씨는
그냥 이 회사의 입장만 전달하는 거예요.
인턴 씨는 평소에 자기 생각이
없어서 아마 잘할 거예요.

인턴 씨는
잘할 거예요.
찌-잉

가, 감사합니다!
또 뭔가
이상한 것에 감동을
한 모양이군.
끄덕
끄덕

차장, 과장, 대리님이 불금을 보내고 계시네요.

저런! 과장님이 또 술에 취해 버렸네요!

자기 술 마실 때마다
어린 시절 얘기 좀 그만해.
지겨워 죽겠어.
야!
나 두 번밖에
안 했거든?!
한 잔당
두 번이겠지.

자기야. 우리 곱게 늙자.
삐쳐 있는 건 제발
어디 가서 좀 풀고 와.
그게 무슨
소리야!
자기 마음속에 사는
그 시절 애기가 아직도
삐쳐 있다는 거야.

두 번밖에
안 했다고!
그러니까 술만
마시면 이렇게
하소연을 하지.
추태야,
추태!

내가 얼마나
힘들었는지 알지도
못하면서… 쳇.
끼이익
빵빵!
?
쾅
어, 저기요!
저기요!
부와아아앙~

덜컹
냐옹!
으악!

덜컹
냐옹!
덜컹

이, 일단 가자!
냐옹!
냐옹!

들어오자마자
비가 쏟아지네.
너네 운 좋은 줄
알아라.
냐옹!

난 아기를
싫어하는데 그래도
고양이니까….
냐옹!
완전 병균
덩어리네! 나한테
옮는 거 아냐?!

다음날 과장님은 아기들을
데리고 병원에 갔다.

이날 과장님은 친구가 부탁해서 만들었지만 한 번도 쓰지 않고 처박아 둔 신용 카드를 꺼내 쓸 수밖에 없었다.

야, 가만히 좀
있어!

찰칵
씻기니까
좀 낫네.

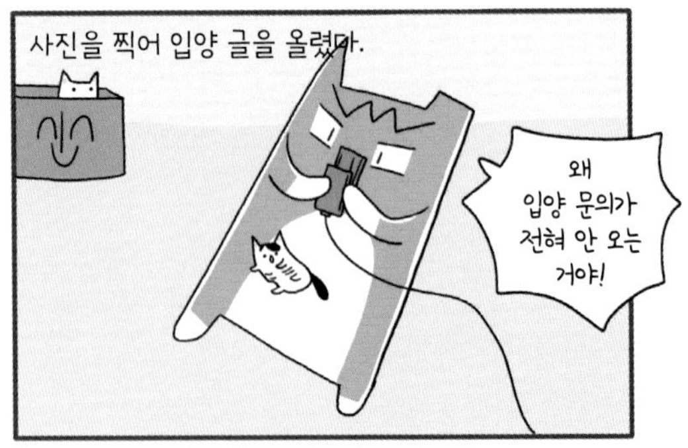
사진을 찍어 입양 글을 올렸다.
왜
입양 문의가
전혀 안 오는
거야!

입양 문의가 안 오자 다른 입양 글을 분석해 봤다.

기분이 좋아

과장님 요즘 기분이 좋아 보이시네요.

똥개가 또
못난이 괴롭히네.
새로운 장난감을
사 주면 좀
괜찮으려나.
새로 장만한 고양이용
보안 감시 카메라

이거 사 줄까?
이건 내가
어렸을 때 엄청 갖고
싶었던 건데.
사료 모래
장난감
그래, 이거
사 줘야지.
카드 한도
얼마 남았지?

아 맞다. 메일 먼저
확인해야지.
일을 해야
돈을 벌고 아이들을
먹여 살린다.

안녕하세요. 입

Korean 〉 English

안녕하세요. 입양 글 보고 연락드립니다.

Korean 〉 English　　Translate message

보낸 이 : goyanggoyang

안녕하세요. 입양 글 보고 연락드립니다.
혹시 아이들 입양 보내셨나요?
저희는 고양이를 키워 본 경험은 없지만
아이들 사진을 보니 꼭 키우고 싶어서
연락드렸습니다.

저희 부부는 둘 다 재택 근무를 하는 직업이라
하루 종일 아이들을 돌볼 수 있어요.
혹시나 해서 저희 집 사진도 첨부합니다.
(원래 이런 거 다 보내야 한다고 들어서요.)
보시고 연락 주세요. 아이들 예쁘게 키우고 싶습니다.
어어어엄청 좋은 집

저희 외근
다녀왔다는….
너무 더워서
힘들었어~.
운전한 제가 더
힘들지 않았을까요?

인턴,
이리 와 봐.
빨리!
네, 네!

엑셀 표 병합을 제대로
안 해 놨잖아.
누가 이렇게 하래!
죄, 죄송합니다….
문서 작업할 때 커서
제일 위로 올려놓으라고
몇 번 말했어?

사무실 쓰레기통도
안 비워 놓고!
커피는 왜
이렇게 짜!
너 탕비실에
컵은 씻어 놨냐?
죄송합니다,
죄송합니다.

일 자꾸
이딴 식으로 할래?
이래서 인간 뽑지
말자고 그렇게
얘기했는데!
....
인간이 무슨
일이야!
너 죽을 때까지
인턴만 할래??

너도!
왜 애한테 일을
제대로 안 가르쳐!
타 다 닥
와우, 이제
제 차례
인가요?
저 미친 사이코가 진짜….

인간이 나빠!
내가 가진 걸
다 빼앗아 가!
(거친
호흡)
인간 싫어!
멸종해라
인간!

얘들아,
주목!
기역
니은
디귿
리을
미음
비읍
시옷
이응

이게 글자라는 거다.
앞으로 나 퇴근하면
밥 먹고 바로
공부 시작할 거야.
한글을 배워요
너네, 바깥세상이
얼마나 험한 지 모르지?

인간한테 죽고 싶지 않으면
공부 열심히 해야 돼!
오늘부터 놀아 주는 거 없어!

빨리 읽어!
읽으라고!
기. 역!
니. 은!
애교 부리지 말고
따라 하라고!
다음 날
스윽
저, 점심 먹으러
가지 않겠냐는….

인턴도
점심 같이….
툭
툭
…아니다….

아!
왜 때려!
이따 나랑
얘기 좀 하자.
싫어. 나 조퇴할 거야.

흥!
저게 진짜….
밥이나 먹으러 가시자는….

나 왔어~.
ㄱㄴㄷㄹ
ㅁㅂㅅㅇ
ㅈㅊㅌㅍㅎ
?

이게 뭐야? 우리 집에 없는 맛인데?
이거 먹어!
예쁘다~.
하나 더 달라고? 누구 주게?
쭙 쭙
뭐라고?

안 돼!
그런 거 먹지 마!
내 놔!
어서!

울지 마!
내 말 좀 들어!

내 귀랑
꼬리 봤지?
누가 이랬을까?
아까 간식 준 그런
사람들한테 당한 거야.
너네도 이렇게 되고 싶어?

예뻐해 주는 척하다가
걔네가 갑자기 돌변해서
때리면 어떡할래? 어?
너네가 얼마나
힘없고 약한 줄 알아?
이 상태로 밖에 나가면
너네 금방 죽어!
너네가 평생
나랑 같이 살 것 같아?

다 너 생각해서
이러는 거야.
네 미래가 얼마나
어두운 줄 알아?
내가 네 미래야!
멍청하게 다니다가
된통 당한다고!

그러니까 밖에 나가지 말고
공부나 해! 그냥 하지 말고
열심히!! 잘!!!
정신 차리고 잘 해!
더! 더 잘 해야 해!

아....

탁
저, 저기….

어휴….
띠링

얘기 좀 해

야, 뭐 해?
나와라.
얘기 좀 하자.
– 대리 –

너 요즘
진짜 별로야.
냐옹포차

내가 뭐!
잘 알지도 못하면서!
자꾸 그런 소리 하니까
별로라는 거야. 이 진상아!
쾅

너는 진짜 웃기는 고양이야. 너 힘들다고 왜 애꿎은 주변 사람한테 화를 내?
그것도 자기보다 약한 사람만 골라서 화내는 거 봐. 그게 무슨 힘든 고양이야! 그냥 비겁한 거지!
이제 너한테 어린 시절은 보기 좋은 핑곗거리일 뿐이야!

기껏 불러 놓고 하는 소리라고는!
나 갈래! 여기 계산이요!
돌변
어머 자기야♡ 잘 먹었어~.

카드 한도가 초과되었습니다.
…….
나와라…. 내가 한다.

2차는 그냥 과장님 집에서 하기로 했다.

쪼옥
쪼옥
이제 괜찮아요.
내가 뽀뽀해 줄게요~.
쪼옥
쪼옥
아이구 예뻐~.
넌 오글거리게
뭐 그런 걸 하냐….

멍청한 고양이!
카드 한도 초과해서 친구 술
사줄 돈도 없고 성격도 나쁘고
고양이 키울 능력도 안 되는
주제에!
원래 아기 고양이한테는
'예뻐요.' '사랑해요.'라고
많이 말해 줘야 해.
넌 그런 것도 모르니?
너 진짜 불안하다.
이래서 키울 수 있겠어?
이, 있어!

쿨~

'예뻐요.' '사랑해요.'라고 많이 말해 줘야 해.
너 진짜 불안하다. 이래서 애들 키울 수 있겠어?

예뻐요….
사랑해요….
쓰담쓰담
ZZZZZ

미안해요.

다음 날, 과장님은 인턴을 불렀다.

애는 좀 어리바리하지만 착한 것 같다고 생각했다.

너무 예쁘다!
우리한테 와 줘서 고마워.
....

부아앙
반짝
반짝
아이들은 결국 좋은 집에 입양을 보냈다.

인사도 제대로 못했다....

그래서 과장님은 완전히 변했을까?

그런 것 같진 않다.

그래도 전보다는 주변을 신경 쓰시는 것 같다.

조금 더 여유로워지셨다고 해야 하나.

아이들이 과장님께 주고 간 선물이 꽤나 큰 것 같다.

[공지] 냐옹컴퍼니 워크숍 안내
안녕하세요? 날씨가 참 덥죠?
냐옹컴퍼니의 하계 워크숍을
안내해 드릴게요.
날짜: 다음 주 토, 일요일
장소: 더케이스포츠
코리아 리조트
(최고산 인근)
워크숍?
대표님 개인 비서 미스 스폴
토요일 오전 7시까지
회사 앞으로 모여 주세요.
월요일은 정상 출근이니
이 점 꼭 숙지하세요.
쓰레기통
으~ 워크숍
너무 싫다는.
그래도 가야지
어쩌겠어.
와, 회사에서
처음 가 보는
워크숍이다!

준비물은 뭘 챙겨야 할까?
워크숍이면 막 회의도 하겠지?
야근

철컹
다른 부서 사람들도 만나고….
나랑 같은 인턴이랑 친구가 되면 좋겠다.
막차는 자리가 많아서 정말 좋아!
철컹 철컹 철컹

토요일 아침
으… 그런데 왜 워크숍을 주말에 가지?
원래 다 그런 거겠지?
아니 누가 주말 아침에 알람을 맞춰 놔! 빨리 일어나!
일어나~ 아침이야~

인턴도 가는 거였어?

아니, 차장님네 부서는
이런 데서도 지각하시면
어떡해요.
미안 미안.
버스
잠시만요!

늦어서
죄송합니다!
어?
어?
지하철이 늦게 와서….
죄송합니다!

차장님,
인턴도 명단 신청
하셨어요?
인턴도 해야
하는 거였어?
저, 이 버스 타면
되는 건가요?
버스
저도 그냥
단체 메일
보낸 건데….
버스에 자리가
모자라요.
그래도 여기까지 온 애를
다시 돌려보내기도 그렇잖아.

그럼 지각한 애들 데리고
내가 회사 차 운전해서
갈게.
인턴!
그거 타면
안돼!
네?
버스
그러면
방 배정부터 다 다시
해야 되는데….

집합 시간에 겨우 맞춰 도착한 인턴 일행

PM 2:00 최고산 등반. 현재 폭염주의보 발령

탁

캬
아
아
악

인간들아! 빨리 뛰어!

저… 선배님.

말 걸지
마세요….

컨디션 최악

PM 4:00~ 새천년 리더십 증진 프로그램

음악이 끝나면 상자 하나를 정해 들어가야 한다.
상자에 들어가지 못하면 탈락이다.

미스 스폴은
이런 거 하는 게
재미있어?
대표님이 작년에
임원분들이랑 여기에
놀러 오셨는데 너무
재미있으셨대요!
그래서 올해는
꼭 여기서
워크숍을 하고
싶다고….
셋이 같은 조

그냥 중간에 빠지자!
어차피 아무도 몰라!
안 돼요,
대표님께 혼나요!
잠깐 방울만 떼고
다녀오면 되잖아.
그래요! 맞아요!
그…그럴까…요…?

졸졸
첨벙
첨벙

PM 6:00 저녁 식사

치이익
짠
지화자!
고기는 역시
돼지고기지!
인턴! 여기
고기 좀 받아 와.

여러분, 저녁 먹고
강당에서 있을 팀별 장기 자랑
레퍼토리 정해 두세요!
어머, 장기 자랑이래!
너무 재미있겠다!
차장님, 우리
장기 자랑 뭐 하지?

인턴이 나가서
춤이라도 춰.
젊은 인간 여자가
나서야지 이런 건.
마케팅부 여 인턴들은
트와잇수 연습했대요.

역시 인간이건
고양이건 한 살이라도
어린 여자가
유리하지….
저기요. 그런 말씀은
좀 불편하네요.
!
디자인팀 고등어

나한테 개인기가
하나 있긴 한데.
오, 뭔데요?
해 봐요, 해 봐.
웃옷 좀 빌려줘.

으흠, 흠

인턴은 기분이 너무너무 나빴지만 참는 수밖에 없었다.

사회생활은 말이야, 어?
내가 1년만 젊었어도….
네, 네!
인턴, 너도 한잔해!
과장님, 아이들은 입양 잘 보내셨어요?
요즘 많이 적적하시겠어요.
아, 처음엔 그랬는데.
그 집에서 사진을 자주 보내 주는데 엄청 잘 살더라고.
최고급 캣타워와 에어컨
꿀꺽꿀꺽
그래서 이제 별로 안 그리워.

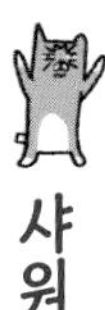

샤워

고양이는 인간이 화장실에 들어가면 무척 불안해해요!

휴, 따뜻한 물 나오는 곳에서 샤워하니까 진짜 좋다.
집엔 온수 잘 안 나오니까….
화장실
뽀송 뽀송
따끈 따끈
아깐 인턴 주제에 내가 너무 예의 없었나….
갑자기 다들 조용해지셨네.

…….
인턴 잠자리

저… 여긴
제 자리인데요.
어, 맞아.
알아.
잘 자.

자기 전
의식:
핸드폰 보기
어… 어떻게
자야 하지?

인턴은 차갑고 딱딱한 바닥에서 잘 수밖에 없었다.

AM 7:00 기상

오전 일정

물놀이

AM 10:00 물놀이 대회

옛날 워크숍은
이렇지 않았다는.
둥실둥실
고양이답게 숙소 하나
빌려서 폭신한 침구에서
종일 자다 왔다는.
대표님이 요즘
인간들이랑 어울리길 유독
즐기시더니 많이
변하셨다는.

암튼 인간들이 문제라는….
여~ 인턴들!
물에 젖으니까 털이
아주 섹시한데~.
저흰 빼 주세요.
꺄~ 하지
마세요~.

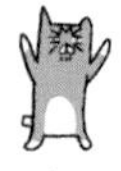

출발 준비

저…
아니 그게….
샤워 싫어하시지 않으세요?!
화장실
응. 싫어하는데 물놀이는 재밌더라.
샤워 안 하면 버스 안 태워 준대.
씻겨 줘.
쏴아아
아~ 시원하다!
촤아
촤악 촤악 촤악
거긴 그렇게 씻기는 거 아니라고!
아야!!

PM 4:00 롤링 페이퍼 쓰기

할 말
없는데.
끄적 끄적
그만 쓰고
빨리 넘겨요.
정말 정말
열심히 써
드려야지!
한 분당
다섯 줄 이상씩!

자, 출발 전에
단체 사진 한 장 찍고!
팀별 단체 사진도
한 장 찍읍시다!
나옹컴퍼니 2017 하계 워크샵
착
착
김치!

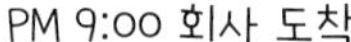
PM 9:00 회사 도착

다들
내일 아침에 봅시다!
내일 아침에
봐요.
쾅
내일 아침이요?!

그럼 당연하지.
내일 월요일이잖아.
네
맞습니다….

클링 페이퍼
이름 : 인턴
존재감은 없지만
착한 것 같다는….
자기야~ Cheer up!
인턴 씨! 나중에
홍차 마셔요~:)
잘 해 보자.

5

앞으로는 괜찮겠지

USB
선풍기
『내 안의
행복 회로』
저자: 호롤롤
인턴의 책상

칫솔/치약은
필수!
M 씨의 책상

고양이 피규어
(방탄유리 장식장)
게이밍
키보드
직접 조립한 HAM
(아마추어 무선기)
주임님의 책상

싸고 귀여운 소품들
대리님의 책상

깔끔
과장님의 책상

아수라
안녕
차장님의 책상

최근 검색어

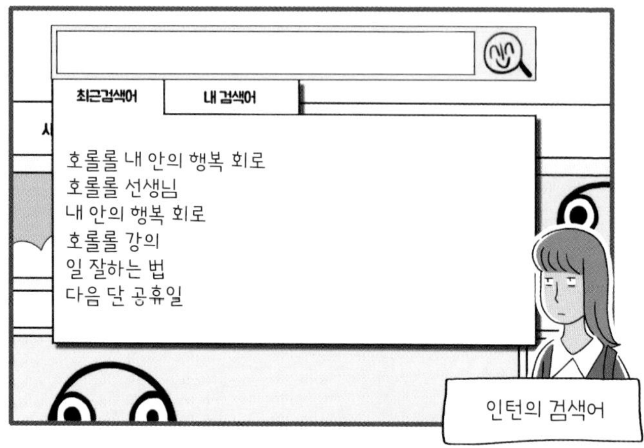

최근검색어
내 검색어
호로록 내 안의 행복 회로
호로록 선생님
내 안의 행복 회로
호로록 강의
일 잘하는 법
다음 달 공휴일
인턴의 검색어

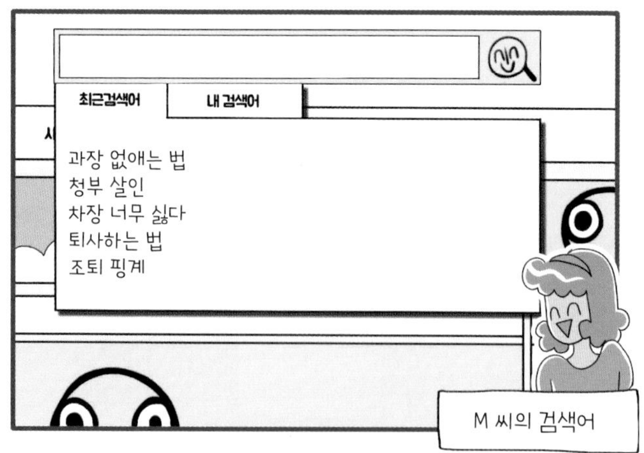

최근검색어
내 검색어
과장 없애는 법
청부 살인
차장 너무 싫다
퇴사하는 법
조퇴 핑계
M 씨의 검색어

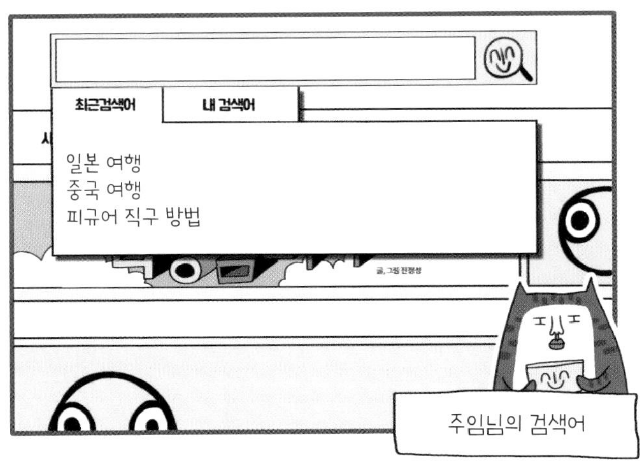
최근검색어
내 검색어
일본 여행
중국 여행
피규어 직구 방법
주임님의 검색어

최근검색어
내 검색어
로맨스 영화
시 창작 동호회
하트 무늬 쿠션 최저가
대리님의 검색어

최근검색어
내 검색어
아기 고양이 좋아하는 음식
아기 고양이 입양 어떻게 하나요?
글, 그림 진정성
과장님의 검색어

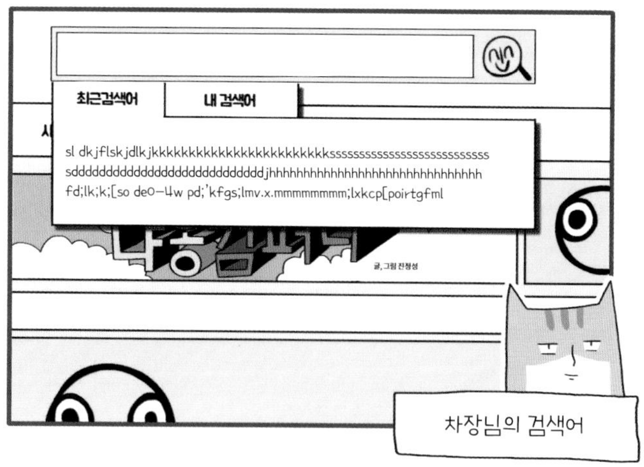
최근검색어
내 검색어
sl dkjflskjdlkjkkkkkkkkkkkkkkkkkkkkkkkkssssssssssssssssssssssssss
sddddddddddddddddddddddddddjhhhhhhhhhhhhhhhhhhhhhhhhhhhhh
fd;lk;k;[so de0-4w pd;'kfgs;lmv.x.mmmmmmmm;lxkcp[poirtgfml
글, 그림 진정성
차장님의 검색어

....
검도

인턴의 점심시간

M 씨의 점심시간

헐!
일본 여행 티켓
특가가 떴다는!
진짜 가고 싶다는….
쪼옵 쪼옵
주임님의 점심시간

찰칵
찰칵
자기야 여기
진짜 내 취향!
회사 근처에
언제 이런 게
생겼대?
대리님의 점심시간

회의실
쿨~
과장님의 점심시간
안녕?
혼자야?
ㅎㅎ
뿔 뿔 뿔
바선생님:
잘 웃고
사교적인 성격
차장님의 점심시간

텁

…….
바삭
바삭

점심 회식

내일이 말복이래.
요즘엔 말복 챙길 필요 없잖아?
찰칵
그 핑계로 맛있는 거 먹으면 좋지 않냐는….

일 년에 세 번이나 몸보신을 한다고?
뭘 그렇게 열심히 챙겨 먹어?
무슨 **개**도 아니고.

헐~
헐~
헐~
개요…?

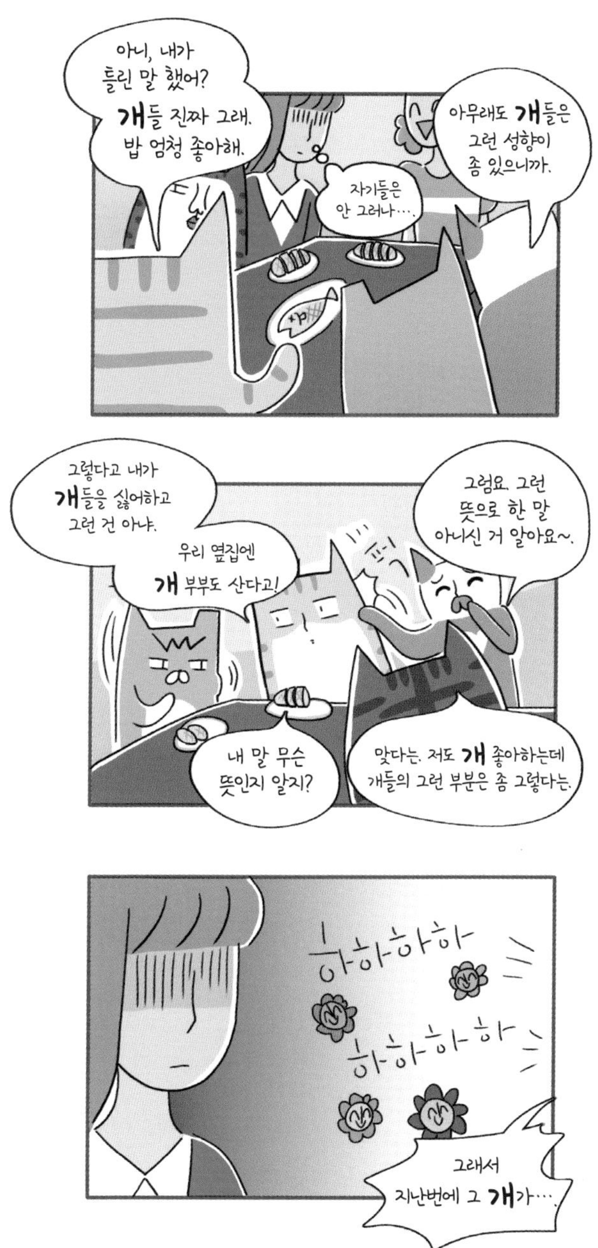
아니, 내가
틀린 말 했어?
개들 진짜 그래.
밥 엄청 좋아해.
자기들은
안 그러나….
아무래도 개들은
그런 성향이
좀 있으니까.
그렇다고 내가
개들을 싫어하고
그런 건 아냐.
우리 옆집엔
개 부부도 산다고!
그럼요. 그런
뜻으로 한 말
아니신 거 알아요~.
내 말 무슨
뜻인지 알지?
맞다는. 저도 개 좋아하는데
개들의 그런 부분은 좀 그렇다는.
하하하하
하하하하
그래서
지난번에 그 개가….

우리 바이어 중에도
개 있잖아요.
아, 그 뽀글머리?
걔네는 왜 맨날
그런 머리 하고 다녀?

머리 정말
개-같지 않아요?
바람 불 때마다
이렇게, 이렇게.
그렇다. 정말
개-스러워!
이래서 인간들이
매일 '개'를 붙여서
말하는구나!

아. 오늘 기분
정말 개-스러운데.
음식을 남기지
말아요
왜? 오다가
개-라도 만났어?
끽-
아니오. 아침밥을
개-스럽게 먹어서요.
오늘 메뉴도
개-스럽지 않냐는….

M 씨, 오늘
헤어스타일이
아주 개-스러운데?
영차-
도저히 못 듣겠다.
오늘 회의 때 꼭
건의해야겠어.

이제 그만 좀 하시죠?
저는 고양이도 좋아하지만
개도 똑같이 좋아해요.
이런 말씀 듣기 불편하네요.
마… 맞아요.
저희 부모님이 강아지를
키우시는 데
조금… 그렇다고…
생각합니다….
누가 개가
싫어서 그런대?
우리도 개 좋아해!
귀엽다고 생각한다고!

과장님은 괜찮으세요?
어렸을 때 개 할머니가
키워 주셨다고….
나도 기분이 썩
좋지 않긴 한데….
다들 재미있어 하니까
상관은 없어.
어차피 할머니
욕하는 것도 아니고.

하긴. 그래도 우리 나름 글로벌 기업을 지향하니까.
'지향' 말씀하시는 거 맞죠…?
그게 그거야. 넌 애가 왜 그렇게 예민하니?

그냥 아 그렇구나 하고 대충 알아서 들어!
니가 이렇게 융통성이 없어서 사회 생활을 못하는 거야!

암튼 우리는 글로벌 기업이니까.
이제부터 '개-' 쓰지 말자. 다들 알았지? 됐지?
알았어요….
에이~ 그 말이 귀에 착 붙어서 좋았는데…
인간들 진짜 개-스럽다는….

잠깐, 개 얘기만
안 하면 되는 거 아님?
대신
길고양이
어떠냐는?

그러니까
그게 아니라….
어떻게 보면
길고양이들이 개보다
더 하다는!
얼마 전에 뉴스
뜬 거 보셨냐는?
맞아,
맞아!
나도 걔네
좀 그렇더라.

과, 과장님
불편하지 않으세요?
과장님도
길고양이셨잖아요….
야, 나 길고양이는 아니었어.
너 말 되게 기분 나쁘게 한다?
그리고 길고양이들
진짜 이상해.
내가 길고양이
였어서 알아.
이것 보시라는!
제가 사진 합성도
해 봤다는!
길고양이들이
배고파서
우는 사진에
고양이 사료를
합성해 보았다는!
정말
길고양이스럽다.
ㅋㅋㅋㅋ
와,
주임 천재네.

인공 지능

팀장급 회의

요즘 사무실에서도 인공 지능을 사용하는 게 대세라고 하네.
A.I.
Artificial Intelligence
점심 뭐 먹을까?
배고프다.

그래서 우리도 인공 지능을 사용하게 됐네. 대표님이 하청 업체를 쥐어 짜서 개발했지.
Hello World
이름은 '살뜰이'라고 하네!
멋지십니다!
멋지십니다!
('알뜰이'는 개발 실패)

겨드랑이 그루밍 하는 중
'살뜰이'가 자네 팀에 들어갈 거야.
예?
기능 테스트 삼아 아무 팀에 넣어 봤어. 살뜰이에 관한 보고는 매주 나에게 하도록.

그래서 오늘부터 '살뜰이'가 우리 팀에서 일하게 됐어. 살뜰이 주간 보고서는 M 씨가 써.
Sal DDuel 2.0
안녕하세요? '살뜰이' 2.0입니다.
인턴 시키면 안 되나요?

그래서 얘가 무슨 일을 하는 거냐는….
저는 사무실 순찰, 직원 파악, 환경 관리와 보안, 업무 내용 정리 등등 모든 일이 가능합니다.

또, 저는 제가 스스로 학습해서 제 지식과 업무 능력을 업그레이드할 수 있답니다.
이걸 머신 러닝이라고 하는데요. 고양이들은 잘 모르죠?
쟤 말투 되게 기분 나쁘다.

인턴 씨!
1분 30초 지각하셨습니다.
인사 고과에 반영하도록
하겠습니다.
아, 안돼!

오늘은 오전 열 시에
팀 회의가 있습니다.
회의실은 공기 청정기와
에어컨으로 쾌적한 환경을
조성해 두었습니다.
우와! 대단한데!

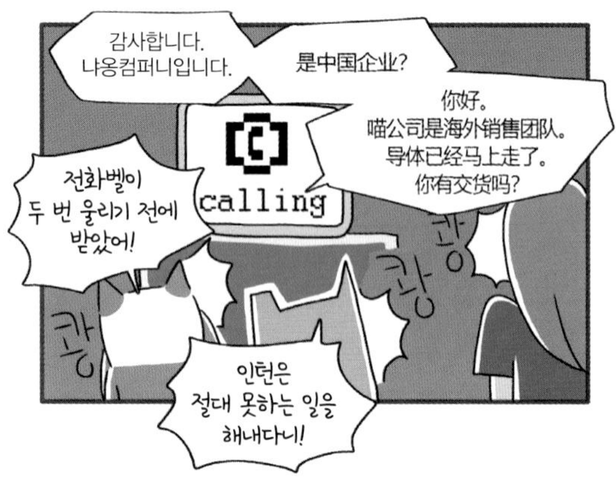
감사합니다.
냐옹컴퍼니입니다.
是中国企业?
你好。
喵公司是海外销售团队。
导体已经马上走了。
你有交货吗?
calling
전화벨이
두 번 울리기 전에
받았어!
쾅
쾅
쾅
인턴은
절대 못하는 일을
해내다니!

이 기획안의
성공률은 15%
이하입니다.
이 기획안은 FTA가 체결된
아시아 국가를 대상으로
하는 것이 더 좋습니다.
저는 태국을
제안합니다.
Thailand
그래? 그럼
그럴까?

차장님. 샘플 리스트와
견적 정리를 끝냈습니다.
해외 바이어들에게
메일도 모두 돌렸습니다.
바이어 리스트
관련, 업데이트가
필요합니다.
앗, 제 일을
모두 다 했네요.
그래? 넌 그럼 커피
타 오면 되겠네.
이 전 리스트는
누가 썼는지 모르겠지만
좀 **길고양이** 같네요.
하-하
이야, 농담도
할 줄 아네!
joke
하 하
찰칵
찰칵
얘 맘에 든다.
고양이면 술이라도
한 잔 살 텐데!
푸엣

여러분의 행동 패턴을 분석하여 저도 인공 지능 고양이를 만들었습니다.
milk
2.0
이름은 '밀크'로 지었습니다.
졸리다냥. 일하기 싫다냥.
와, 진짜 똑같아요! 신기하다!
어떠신가요? 마음에 드시나요?

전부 다 마음에 안 든다냥. 자고 싶다냥.
웃기냐?
우리가 언제 저랬어?
하… 하하… 하하…. 죄… 죄송합니다….
난 말 끝마다 '-냥' 붙이는 거 진짜 싫다는….

차장님의 업무 분석을
완료했습니다.
제 업무의 일환입니다.
문서화하여 인사팀에
제출합니다.
그걸
왜 해?!
쾅
야!!
구성원 전원을 분석 중이니
걱정하지 않으셔도 됩니다.

지난 2년간 내역을 분석하여
팀 업무 능력 평가를 방금
모두 완료했습니다.
이 팀 분들은 전체적으로 일을
길고양이처럼 하시네요.
joke
술도 못 따르고!
쟤 진짜 별로다.
자세히 보니까
일도 그닥 잘
못하는 것 같다는….
길고양이도
막 비하함.

인턴은 괜히 기분이 좋아졌다.

오, 유명인 왔어?
유명인!
안녕하세…
네?

저요?
내가 자주 가는 커뮤니티에 인턴 얘길 했는데 아무도 믿지 않았다는.
그래서 인증 사진을 찍어서 올렸는데 반응이 엄청나다는!
고양이 사료 먹는 인간 인증
RE: 헐 진짜다.
RE: 대박ㅋㅋㅋ
이게 뭐예요?!
덕분에 사이트 정회원 됐다는! 고맙다는!
그냥 밥 먹는 사진이니까 괜찮다는! 얼굴만 안 나오면 되는 거 아니냐는!

복수

나도 복수할 거야.
일단 카메라
셔터 소리를 끄고….
쿠울
(찰칵)
근무 시간에 일 안하고
낮잠 자는 고양이

(찰-칵)
파박파-
화장실에서 볼일 보는
고양이 상사

대박
너무 귀여워!
내가 원했던 반응은
이런 게 아니었는데…!
이 회사 진짜
가고 싶네요. ㅠㅠ
오늘 여기에
눕겠다….
Tube KR
인턴이 찍은 사진과 영상의 반응은 폭발적이었다!

점심시간

저만 맨날
당해요….
너무 신경 쓰지 말아요.
회사 일이 다 그렇죠 뭐.

오늘은 여러분께
아주 중요한 얘기를 해
드리고 싶습니다.
제 삶을 언제나
지탱해 주던 말이 있습니다.

프리미엄 토크쇼
짱! 짱! 인문학
살다 보면 넘어질 때가 있죠.
툭툭 털고 일어날 수도 있지만,
어떤 날은 넘어진 충격이 너무 커요.

가끔은 쉬고 싶고, 가끔은
한없이 울고 싶습니다.

인문학
네. 그렇게 하세요.
울고 싶을 때 울고,
쉬고 싶을 때 쉬세요.
하지만 여러분, 부디
이것만은 잊지 말아 주세요.

부디 자신을 사랑하세요.
저는 넘어진 여러분의
손을 잡아 드릴 순 있습니다.
하지만, 마지막에 자신을
구할 수 있는 건 결국
자기 자신 뿐입니다.

자기 자신을 믿고,
사랑하세요.
삶이 아무리
힘들어도 이것
하나만은 꼭 기억해
주시길 바랍니다.
찡
무슨 소린지는 잘 모르겠지만, 이상하게도 그날
호롤롤 선생님의 강의는 인턴의 가슴에 깊이 박혔다.

팀장급 회의

우리 차장이는 다른 건의사항 있는가?
캣타워(고급) (팀장급 전용)
벅 벅 벅
없는데요.
아!

저희 팀 인턴이요. 출입 카드 좀 만들어 주세요. 저희가 불편해요.
인사팀
아직도 안 만들었어요? 그거 첫날에 저희가 사진 가져오라고 알려 드렸는데.
그랬나?

그런데 인턴 이제 계약 기간 끝나지 않나?
아 그래요?

그렇긴 하네요.
딸랑
딸랑
어때? 일
시킬 만해?

음… 아뇨.
아직 그 정도는
아닌 것 같네요.
차장님! 인턴한테 일
가르쳐 봤는데요. 아직은
이거 절대 시키면 안 돼요.
그럼 어떡하지? 정직원 전환
시킬까? 아님 항상 하던 대로 계약
해지하고 인턴을 다시 뽑을까?

음….

일주일 전

일주일 전, 회의실엔 긴장감이 가득 찼다.

인턴아!
내 전화 좀 받….
네, 네!
짜
짜

야! 너 아직도
전화 제대로
못 돌려 받냐!
쾅
죄, 죄송합니다!

에어컨이 고장난 차로 바이어 마중을 다녀온 M 씨와 과장님
안녕하십니까….
헤, 헬로! 헬로! 미스터 샴!

한국말… 조큼… 알아듣습니다….
당신 회사 car… 너무 더워… 에어컨… 존재하지 않는다….
쏘리, 쏘리!
야, 빨리 차 좀 내와.
네!

오우… 이것… 압니다….
이열… 치열….
뚝
뚝
뚝
뚝
까앙
더운데 뜨거운
차를 내오면
어떡해!!
죄… 죄송합니다.
HOT
코리안…
트레디셔널
컬쳐….
차장님! 차장님!

큰일 났어요!
중국 바이어가
방금 도착했대요!
중국은
내일 오기로 한 거
아니었어?
저도 그렇게
알고 있었는데
지금 공항에서
출발한대요.
쾅
과장이 태국 바이어 맡고
대리가 마중 나가! 주임은 빨리
서류 정리하고!
차장님,
중국어 담당은
저라는….

그럼 M 씨가
주임이랑 빨리 공항 가고
대리가 PT 준비해!
차장님! 지금
생산 사고 나서
현장에 누구 빨리 좀
나와 달래요!
차장님!
다른 고객사?로 납품?
해야 하는 납기인가
그거 때문에… 라인에
누구 좀 나와 달라고….
빌어먹을!
똑바로 말해!

차장님! 대표님이
당장 간식 좀 사서
달려오시래요!
난 뭘 해야 하지…
그래, 일단 침착하게
나 자신을 믿고 사랑하자.
왜 지금?!
그럼 태국 바이어는
누구랑 있죠?!
일단 제가
현장 갈게요!
차장님! 라인엔
누가 가요?
서류 아직
다 안됐다느은~!

모르겠다
일단 나가자!!
인턴아,
바이어 접대 좀
하고 있어!
쾅
예, 예?!

....
쪼록
얼음물

어떻게든 해결했다

그래도 어떻게든 해결했다….
인턴은 잘하고 있을까?

과장님 이름으로
시말서 써 놨으니까
걱정 마.

퍽도 고맙네.

잠깐만 너 출입증
갖고 왔어?

아 맞다! 정신 없어서
깜박했는데!

인턴아!
문 좀 열어라!

인턴아!
좀 나와 봐!

으아아!

다들 여기서
뭐 하세요?

회의실에 있는 인턴은 이 소리를 듣지 못했다.

미스터 샴! 미안해요!
쏘리 쏘리!
후닥닥닥

아~ 바로
거기입니다!
어?
정말 대단히
'좋다' 입니다!

차장 씨 왜
벌써 왔습니까?
Your 인턴 그루밍 is
베리 굿입니다
완전 빠져들어….
차장님,
오셨어요?
갸르르르~

Your 인턴
정말 좋습니다.
고양이의 가려운 곳을 아주
정확히 알고 있습니다.
고양이
낚싯대 휘두르기
정말 천재적….
파닥
파닥
그냥 회사에서
늘 하던 대로 했는데….

Your 인턴에게 제품 설명도
모두 들었습니다. 인간 여자의 입장에서
들을 수 있는 생생한 인포메이션….
그냥 샘플에
스티커 붙일 때
몇 개 보고 외웠어요….

냐옹컴퍼니의 인턴이
이 정도라면 다른 사원들은
더 대단하겠죠?
쪼륵
네, 다들 엄청 능력도
있으시고 상냥하시고….

이… 일단
회의 시작하시죠.
헐

냐옹컴퍼니에서는 외모 이야기를 칭찬으로 생각해서 자주 하고 있어요! 인간들은 이러지 않기로 해요!

인턴아!
인턴아!
네?

야, 저 옆 회의실에 지금 중국 바이어가 와 있거든? 너 지금 가서 중국 바이어도 한번 보고 와 봐.
네? 네….

회상 끝

짤랑 짤랑
역시….
很好!
很好!
꺄르르르~

어때?
일 시킬 만해?
음….

속도는 느리지만
성실해요.
사무실에
인간 여자가
필요하기도 하고.
파바바바박
어차피 계약 기간 끝나면 정직원
전환한다고 약속도 했으니까요.
하긴 그러고 보니
우리 제품 주 타깃은
인간 여자였어.

그럼 다음 주에
계약서를 새로
써야겠군.
인턴 사진도
넘겨 주세요.
사진은
이력서에 있는 거
그냥 쓰죠, 뭐.
그럼 되겠네요.
역시 이력서엔
사진이 있어야 해!

이거 받아

자, 점심
먹으러 가요.
으…
고양이 사료 더는
못 먹겠다.
인턴은 최근
소화가 잘 안된다.

저는 오늘
편의점 도시락
먹을게요.
그래.
근데 출입증이
없어서….
아, 인턴!

이거 받아.
네?

출입증이야.
인 턴
(주) 냐옹컴퍼니
아, 그리고.

다음 주에
계약서 다시
쓸 건데,
인턴 계약
이번 달 까지지?
네?
네!
연봉 협상 해야겠네.
그냥 흉내만 내는 거니까
와서 앉아만 있어.

너 앞으로
정신 바짝
차려야 돼!
네, 네!

빳 빳

삐-익

삐↑
리↗
리↗
링↑~

고시원 부엌

엄마, 나
다음 주 주말에
집에 갈게요!
저녁 맛있게 드세요!
톡 톡 톡
설겆이
합시다
그래.
저녁 맛있게 먹고!

심심하다….
수다 떨고 싶다.
닭고기…
까똑!

어!
냠냠
★정성여고 단톡방★
이게 누구야!
대박!!
대박! 야!ㅠㅠ
왜 연락이 안 되냐~!
이제야 단톡방 추가했네. ㅋㅋ
전송

다들 안녕!
미안해. 정신 없어서 연락도
못 하고 살았다. ㅠㅠ
아니야. ㅋㅋ
잘 지내?
우리 못 본지
진짜 오래됐다.
전송
너 도시에 있는 회사에서
인턴 한다며?
아, 응. 일단
지금은 그래. ^^; ㅎㅎ
진짜 부럽다~.
난 아직도
취업 준비 중 ㅠㅠ
힘내! 열심히 하면
너도 잘 될거야!
전송

우리 그럼 도시에 있는 애들끼리
주말에 한 번 만날래?
O.K!
콜! 다다음 주 주말?
난 좋아!
전송
그럼 그때 보자!
다들 좋은 밤 보내! ^^
너희들도 좋은 밤!
전송

헤헤.

미스 인

자, 계약서
읽어 보고 사인하면
된다네.
계약서
우와….

어….

저… 부장님.
제가 이걸 잘 몰라서요….
원래 정직원은 계약서에 연봉으로 적혀 있지 않나요?
아, 이런.

차장이 얘길 안 했나 보네.
우리도 이번엔 다들 당연히 정직원 전환이 될 줄 알았는데….
대표님이 워낙 역정을 내셔서….
그… 미스 인 사드(THAAD) 알지?
네. 뭐 그냥 대충….

그것 때문에 이 업계가
요즘 타격이 커. 그래서
우리 회사도 긴축 재정을
실시했다네.
꾸욱 꾸욱
대표님이 직접
회사 차의 에어컨을
고장 내셨을 정도지.
아 네….
그러시군요.
이번엔 그냥
계약직으로 가고, 다음엔
꼭 전환하자구.
인턴 씨, 우리 사정
이해 좀 해 줘. 괜찮지?
꾸욱
네, 그럼요.
괜찮아요.
어차피 하는 일이
바뀌는 것도 아니잖아.

사실은 알고 있었다.
슥
슥

왜냐면 오늘 출근했을 때,
쓰레기통
회, 회의 할까?
회사 분들이 묘하게 나랑 눈을 안 마주치셨거든.

커피 마시고 싶….
아, 커피 타 오겠습니다.
아, 아니야. 그냥 볼일 봐.
그, 그래. 인턴 일 많잖아.
별로 없는데….

그렇게 좋아하시는

낚싯대 장난감도 오늘은 마다하셨지.

이전에도 정직원 시켜 주신다는 비슷한 얘길 하도 많이 하셔서

솔직히 이번에도 별로 믿진 않았지.

인턴 씨,
출입증 찍어 줄까요?
종이쓰레기
화장실
아니에요, 저도 이제
출입증 있어요. 짜잔!
우와
잘 됐네요!

그래도 이번만 지나면
정직원이 된다고 하니까
다행이야.
이럴 때일수록
더 나를 사랑하자.
잘했어, 인턴아!

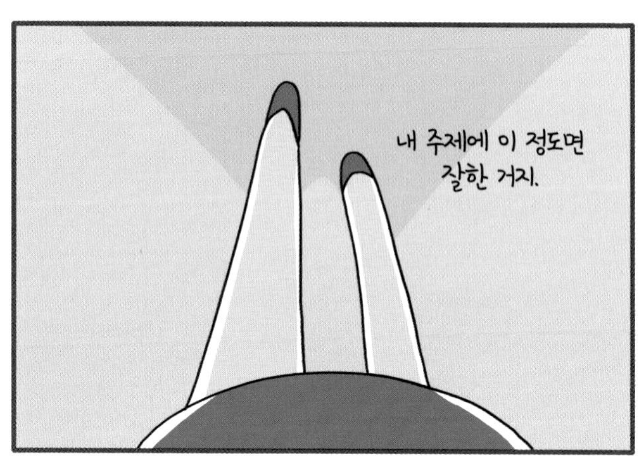
내 주제에 이 정도면
잘한 거지.

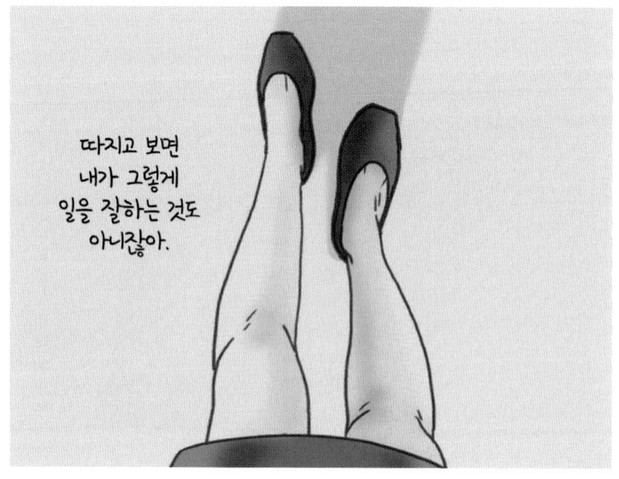
따지고 보면
내가 그렇게
일을 잘하는 것도
아니잖아.

괜찮겠지?

앞으로는 괜찮겠지?

아니,
무슨 계약을
그렇게 한대요?
괜찮아?
괜찮아 보여?
주말에 친구들
만나러 갈 때 뭐
입을까?
몰라. 그냥
멍 때리는 것
같아.

부록 만화

까란다고 까지 마

~ 직장인 갑질 대응 매뉴얼 ~

절대 그러면 안 되겠지만
만약 작중에서 일어난 일이
실제로 벌어졌다면
어떡할까요?

웅성 웅성

뭐야?

뽕뽕

뭐야?

뭐야?

그래서
준비했습니다.

까란다고 까지 마!
직장인 갑질 대응
매뉴얼

CASE 1. 면접에서 인권 침해 질문을 받았어요!

(본문 15쪽)

국가인권위원회법 제2조 3항

고용과 관련하여 특정한 사람을 우대, 배제, 구별하거나 불리하게 대우하는 행위를 '평등권 침해의 차별 행위'로 규정한다.

면접 시 하지 말아야 할 질문

1. 직무와 상관없는 개인적 질문 (결혼, 자녀 유무와 출산 계획 등)
2. 나이에 대한 부정적 언급 및 외모 관련 언급
3. 특정 성별에 차별을 두는 질문
4. 직무와 관련 없는 업무 수행 가능 여부

직장 내에서 성희롱, 성추행을 당했어요!

이 책에는 성희롱 상황이 여럿 나오죠!

(1) 신체 접촉

(본문 23쪽)

(본문 35쪽)

(2) 언어 성희롱

(본문 76쪽)

직장 내 성희롱 대처법 간단 버전

직장 내 성희롱이 발생했을 때, 참고하세요!

기관장

- 예방 체계를 공고히 합니다.
- 평소 철저한 교육을 시킵니다.
- 사건 발생 시 객관적이고 공정한 조사를 신속히 진행합니다.

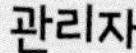

관리자

- 사건 인지 즉시 기관장에게 보고합니다.
- 피해자와 행위자를 격리, 개별 면담을 진행합니다.
- 비밀을 철저히 보장합니다.

피해자

- 행위자만의 잘못이므로 당당하게 해결책을 요구하세요.
- 당시에 적극적으로 거부하지 못했다고 자책하지 마세요.
- 피해 동료가 있다면 공동 대응하세요.
- 외부 기관에 진정, 고소 등을 제기할 수 있습니다.

성희롱 발생

행위자

- 의도가 없더라도 행위만으로 피해 사실이 성립함을 인지하세요.
- 피해자가 불쾌감을 표할 시 직접 사과하세요.
- 그냥 평소에 오해 살 짓을 하지 마세요.

제삼자

- 피해자의 입장에서 생각하고 도와주세요.
- 허튼 소리를 자제하세요.

피해자 여러분은 잘못이 없으며 당당하게 사과와 보상을 요구할 수 있습니다. 이 단체들이 여러분을 도와드릴 수 있습니다.

한국양성평등교육진흥원 https://www.kigepe.or.kr
여성노동법률지원센터 0505-515-5050
국가인권위원회 국번없이 1331
한국성폭력상담소 02-338-5801~2
여성긴급전화 국번없이 1366
대한법률구조공단 132
한국여성의전화 02-2263-6465
한국여성민우회 02-335-1858

(본문 138쪽)

* 최저 임금을 못 받고 있다면 사업장을 관할하는 노동지청에 임금 체불 진정을 꼭 제기하세요!

CASE 4. 근로자의 날에 근무했어요!

우리 오늘부터 휴가니까 인턴이 전화 좀 받아 줘.

오늘은 근로자의 날이거든! 야호

저, 저는 안 쉬나요?

네가 왜?

(본문 137쪽)

수근 수근

뭐야?

왜?

수근

왜?

근로자의 날은 법정 공휴일은 아닙니다.

하지만 근로기준법을 적용받는 노동자는 모두 휴무가 원칙이에요! (상시 근로자 수 4인 이하 사업장 제외)

인턴 수습 시용 실습생 교육생

이렇게 하세요!

근로자의 날에 출근했다면 휴일 근로 수당을 꼭 챙기세요!

야근을 강요당했어요!

나도 전철 다닐 시간에
퇴근 한번 해 봤으면….

나는 일도 많고,
집에도 못 가고,
팬티도 못 갈아입고….

호, 혹시 시키실
일이 더 있으시면
하겠습니다.

(본문 51쪽)

근로기준법 53조에 따라
사용자는 근로자의 동의를 얻어야
연장 근로를 시킬 수 있습니다.
연장 근로는 법정 근로 시간(주 40시간)을
초과한 시간으로 1주 12시간 한도입니다.

정말?
그럼 이거랑 이거랑
이거랑 이거랑
이것도 좀 해 줘!

네….

내가 해야 할
일이긴 한데
너도 할 수
있을 거야!

연장 근로가 그렇다면,
야간 근로는 어떨까요?

야간 근로는 밤 10시부터
다음 날 오전 6시 사이에
근로한 시간입니다.
이 때는 시간당 임금을
1.5배로 지급해야 해요.

10

6

연장 근로+야간 근로를 하는 경우,
연장 근로 50% 가산,
야간 근로 50% 가산하여
100% 가산(즉 통상 임금의 2배)을
받을 수 있습니다.

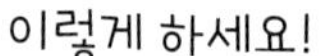

정규직 채용을 빌미로 과도한 업무를 지시받았거나,
합리적인 이유 없이 정규직 전환이 되지 않았어요!

(본문 147~148쪽)

그렇지 않은 회사도
무척 많지만, 여전히 앞 사항을
지키지 않은 곳이 많답니다!

만약 그렇다면,

투덜 투덜

주저 없이
고용노동부에
알려주세요.

고용노동부

잠깐!
잠깐만!

야! 야!

기다려!
우리도 할 말 있어!

※ 특정 인물의 채용을 위해 점수를 조작하거나 채용하지 않으면 불이익을 주겠다고 인사 담당자를 협박하는 것은 문제가 될 수 있습니다.

주식회사 냐옹컴퍼니

초판 1쇄 발행 • 2018년 9월 3일

지은이 • 진정성
펴낸이 • 강일우
책임편집 • 윤보라
펴낸곳 • (주)창비교육
등록 • 2014년 6월 20일 제2014-000183호
주소 • 04004 서울특별시 마포구 월드컵로12길 7
전화 • 1833-7247
팩스 • 영업 070-4838-4938 / 편집 02-6949-0944
홈페이지 • www.changbiedu.com
전자우편 • textbook@changbi.com

ISBN 979-11-89228-08-8 03810